KB071278

열심히
사는 게
뭐가
어때서

한 그루의 나무가 모여 푸른 숲을 이루듯이
청림의 책들은 삶을 풍요롭게 합니다.

어제보다 나은 오늘을 위한 '노오력' 프로젝트

열심히 사는 게 뭐가 어때서

김애리 지음

청림Life

머리말

그래요, 저 미친 듯 열심히 사는 사람입니다!

친하지 않은 사람이 세 명 이상 섞인 모임에서 좀처럼 꺼내기 힘든 말이 있다. 특히 요즘처럼 소확행과 워라밸을 부르짖는 분위기에서라면 돌 맞을 각오 정도는 해야 내뱉을 수 있는 말. 그건 바로 "열심히 사는 게 뭐가 어때서요?"라는 말이다.

열심히 사는 게 그다지 멋있지도, 아름다워 보이지도 않는 세상이 도래한 것 같아 요즘 나는 조금 울적했다. 그렇다고 누군가에게 멋있게 보이거나 아름다워 보이고 싶은 욕망 따위는 없다. 소확행과 워라밸을 부정하는 건 더더욱 아니다. 다만 내가 생각하기에 노력은 미덕이 분명한데, 그 가치를 인정하는 사람이 별로 없는 것 같아 안타까울 뿐이다.

나는 가진 거라곤 1도 없이 태어났다. 소위 말하는 흙수저가 맞다. 대한민국 사람들에게도 낯선 땅, 전라남도 소록도가 내려다보이는 척박하고 가난한 마을에서 태어나 그곳에서 다섯 살까지 자랐다. 유년시절 부모님은 돈을 버느라 바빴다. 넷이나 되는 자식들을 먹여 살리려면 열심히 일해야 했을 것이다. 나는 도시로 일하러 간 부모님 대신 외할머니 손에서 (어른들의 표현을 빌리자면) 세상 둘도 없이 씩씩하고 건강하게 자랐다. 이후 경기도 용인에 집을 마련해 여섯 식구가 평범하고 순탄하게 살아가나 싶었다. 그러나 IMF가 불어닥칠 무렵, 단발머리 중학생이었던 내 인생을 송두리째 바꿔 버린 결정적인 '그것'이 터졌다.

맞다. 여러분이 예측하는 '그것'이 정확히 맞다. 부도를 맞은 것이다. 상상을 초월한 금액 그 이상의 부도였다. 무리를 해서 여기저기 투자해 왔던 엄마 덕분에(?) 우리 형제자매는 말도 안 되는 드라마틱한 학창시절을 보내야만 했다. 경제적 고통을 제대로 겪어 보지 않은 사람은 그 거대한 공포를 절대로 모를 것이다. 빚쟁이들이 들이닥치고, 가족이 뿔뿔이 흩어지고, 결국 야반도주로 짐가방 몇 개만 싸들고 한국을 떠나야만 했던 그 시절. 내 의도와는 전혀 다르게 나의 10대 시절은 엉망진창 흔들렸고 이리저리 찢겼다. 그때부터 나는 본능적으로, 또 체감적으로 깨달았다. 나 스스로를 구원할 유일한 방법은 내가 열심히 사는 것밖에 없다는 사실을.

그 깨달음을 얻고 나서 다시 그 시절로 돌아가도 그렇게는 못 살겠다 싶을 정도로 열심히 살았다. 몸만 열심인 것이 아니라 마음도 열심이었다. 무슨 말이냐면, 깊은 우울증에 시달리던 내 마음을 들여다보고 어루만지는 일에도 노력했다는 뜻이다. 아르바이트를 투잡, 쓰리잡으로 뛰면서도 하루도 빠짐없이 일기를 썼다. 일용직과 비정규직 일자리를 전전하며 20대 절반을 형편없는 월세 방에서 지내면서도 나를 사랑하고 귀하게 대접하려고 애썼다. 그 대접이란 한 푼 두 푼 끌어모아 소위 명품백을 사는 성격의 것이 아니었다. 그보다 한 단계 더 고차원의 대접, 즉 내 꿈을 지지하고 믿어 준 것이다.

작가가 되고 싶은 꿈, 사람들 앞에 서서 강연을 하고 싶은 꿈, 돈을 모아 마흔 살 전에 내 집 마련을 하고 싶은 꿈, 전공을 살려 중국어 통번역사가 되고 싶은 꿈, 꿈, 꿈…. 그런 꿈들을 응원하며 실현시키려고 노력했다. 비록 지금은 초라하고 가난하지만 이게 절대 나의 최종 버전은 아니라고 무수히 되뇌었다.

20대 초반 즈음, '3무 인생', '3포 세대'라는 말이 크게 유행했다. 세 가지(돈, 학벌, 인맥)가 없는 인생과 세 가지(연애, 결혼, 출산)를 포기한 세대라는 의미다. '이거 나를 모델로 만든 신조어 아냐?' 할 정도로 당시의 내 상황과 맞아떨어졌다. 하지만 그때까지도 내 생각은 변함없었다. 가진 것도, 기대고 비빌 곳도 없는 내가 좀 더 나은 삶을 살기 위해서 할 수 있는 유일한 일은 무엇이든 열과 성을 다해 보는 것, 그뿐이었다.

나는 인생이 불공평하다고 부르짖으며 세상을 냉소하고 나를 내팽개칠 수도 있었고, 어차피 모든 게 헛짓이라고 분노하고 좌절할 수도 있었다. 하지만 다른 태도를 택했다. 결국 산산조각 날지라도 세상은 노력하면 최소한의 보답을 해 줄 거라고 기대하는 태도를 택했다. 나에게 없는 것보다는 내가 가지고 있는 것(건강, 젊음, 꿈과 열정)에 집중하고 감사하는 태도를 택했다. 그리고 결정적으로, 세상 속에 살면서도 세상에 속하지 않는 태도, 즉 나를 이 세계의 잣대로 판단하고 재단하지 않겠다는 태도를 선택했다. 나는 그냥 나였다. 금수저가 아니면 별것 아닌 것처럼 대하는 세상의 판단에 휘둘리지 않는 나였다. 대단한 학벌이나 특별한 기술이 없다면 성공하고 인정받지 못한다는 세상의 편견에 등 돌리는 나였다.

그렇게 내가 원하는 인생지도와 시나리오를 완성해 갔다. 지난 15년 간 매일 스스로에게 이렇게 선전포고를 했다.

"나답게 행복하고, 내 식대로 성공하며, 마음대로 꿈꿀 거야!"

그사이 나는 열심히 사는 삶의 벅찬 감동을 온몸으로 느껴 왔다. 가진 게 많거나 타고난 재능과 미모라도 있었으면 이야기가 크게 달라졌을지 모른다. 그래도 열심히 사는 삶의 아름다운 가치는 변함이 없겠지만 15년이라는 시간보다 훨씬 앞당겨 괄목할 만한 뭔가를 이루었거나, 다른 가치에 좀 더 높은 순위를 매기며 살았을지도 모르겠다. 어쨌든 나로서는 다른 대안이 없어서 열심히 좀 살아 봤다. 남들이 구시대적이라 욕하든, '노오력충'이라는 무시무시한 말로 비웃든, 개의치 않고 불특정 다수를 향해 '그래요, 나 열심히 살았어요'라고 당당하게 외쳤다. 자신이 가진 모든 자원을 최대한 활용하여 최고의 존재가 되어 보기 위해 최선을 다하는 것, 그것이야말로 가장 큰 행복이자 기쁨이라는 말을 들려주고 싶었기 때문이다.

그래서? 그리고 어떻게 되었냐고? 노벨상을 타거나 억만장자라도 됐냐고? 아니, 어쩌면 그보다 더 엄청난 기적을 맛봤다. 어느 날 아침, 잠에서 깨어나 이런 생각을 한 것이다.

'단 하루도 허투루 살지 않았구나. 한 해 한 해가, 매일매일이 역동적인 드라마 그 자체였구나. 나는 진정으로 성공했구나.'

그건 누구나, 아무나 내뱉을 수 있는 독백은 아니다. 100억 원을 벌었거나, 100만 부를 판매한 작가가 되어서 성공한 것이 아니다. 외적 목표 달성과 상관없이 내 내면의 목소리가 나지막이 말하고 있었다.

'최선을 다했어. 하루하루 어제보다 나아지기 위해 연습했어.'

이 독백이 내 삶에 얼마나 큰 울림을 주었는지 모른다. 스스로에게 달아 준 빛나는 훈장은 열심히 사는 게 미덕이 아니라고 말하는 세상에서 그래도 자신에게 떳떳하게 최선을 다하는 시간은 결코 헛된 것이 아님을 확인시켜 준 셈이었다. 그것으로 되었다. 이미 충분했다. 스스로에게 미소 지을 수 있기 위해서는 열심히 산 시간이 반드시 필요하다. 남들의 기준으로 열심히 살 필요도 없다. 진심으로 열심히 살았는지는 오직 본인만이 알 수 있고 평가할 수 있다. 자신에게 떳떳할 정도로 열심히 사는 것, 그게 가장 중요하다. 나도 이제는 좀 당당히 외쳐야겠다.

"그래요, 저 미친 듯 열심히 사는 사람입니다. 앞으로도 쭉 그럴 거예요!"

김애리

차례

머리말 그래요, 저 미친 듯 열심히 사는 사람입니다! 004

제1장 어느 날 나는 다르게 살기로 결심했다

열심히 살고 싶었다 017
목적 없는 '열심히'는 위험해 | '나 자신'을 공부하기

기적체험, 딱 1년만 기록해 볼까 024
나에게 던지는 질문 | 일기쓰기로 시작된 인생역전 | 쓰면 무조건 변한다

어디까지 열심히 살아 봤니? 033
기꺼이 한 걸음 더 내딛게 하는 힘 | 인생을 건 프로젝트의 준비물

다르게 행복할 수 있다면 040
내 삶의 주인이 된다는 것 | 그리고 계속되는 삶을 위하여

가장 뜨겁고 간절한 꿈을 찾아서 053
평생 글을 쓰며 사는 삶 | 나 자신과의 약속을 지킨 10년

나에게 긍정적 자극을 주었던 사람들 061
내가 만난 휴먼 라이브러리 | 평범하지만 특별했던 그들

제2장

나의 시작은 너의 성공보다 눈부시다

나라면, 나니까, 나이기 때문에 071

모든 것의 시작은 나를 긍정하기 | 자기애를 확인할 수 있는 몇 가지 방법

머리보다 몸을 써야 하는 이유 078

꿈은 몸으로 이루는 것 | 꿈 때문에 하는 삽질 | 당장 실행하게 만드는 네 가지 법칙

'열심히'에 대한 7가지 오해 085

열심히=몸부림? | 진정한 열심의 의미

처음은 누구에게나 있다 092

두려운 일, 그래서 도전하고 싶은 바로 그 일 | 같은 일을 100번 했을 때

내 영혼을 위한 일 099

1,000권의 책 | 1,000편의 영화와 다큐, 3,000시간의 글쓰기

내 안에 깃든 두려움 105

두려움의 목록 만들기 | 내가 진짜 경쟁해야 할 상대

제3장

조금 더 열심히 살게 만드는 방법들

삶을 바꾸는 작은 반복 115

같은 일을 365번 반복하면? | 1년간의 관찰카메라

매일의 세 가지 다짐 123

나만의 아침주문 | 아침을 새롭게 열기 위한 꿀팁

안 하던 짓이 가져온 놀라운 효과 129
안 하던 짓이 중요한 이유 | 시도한 만큼 자유로워지는 삶

배워서 남주기 이론 136
해마다 스페셜 프로젝트 | 작지만 뜻깊은 나만의 의식

결핍을 인정하는 날, 다시 시작하는 날 142
연약함이 가진 힘 | 불가능을 가능으로 바꾸는 결핍의 힘 | 꿈꾸는 곳에 닿기 위한 작은 시작들

우리를 완성하는 건 바로 질문 150
질문과 마주하다 | 내 영혼과 결판을 짓는 시간

제4장
인생이 즐겁거나
조금 더 즐겁거나

일명 방구석 버킷리스트 159
일상에서 혼자 여행하는 법 | 일상을 여행지로 | 하루 30분, 나만의 해피타임

열심히 사는데 안 행복하면 억울하다 166
오늘 행복은 이것으로 | 행복도 꿈처럼 노력이 필요해 | 행복을 발견하는 것은 몸을 돌보는 일과 비슷

세상에 쓸모없는 일은 없다 172
사소하고 하찮은 일에서 벗어나고 싶을 때 | 경험 앞에 붙는 수식어

평생 배움을 좇는 즐거움 179
5개의 학위, 30개의 자격증 | 공부가 바로 인생의 터닝포인트

가끔은 일시정지 187
세계여행 프로젝트 | 가장 사랑하는 남자와 20개 도시를 | 내 분신 같은 아이와 다시 20개 도시를

누구나 인생에 한바탕 미친 짓이 필요하다 196
대책 없이 용감한 | 인생에 미친 짓이 필요한 이유 | 별것 아닌 성공과 좋은 실패

제5장
어제의 나와
제대로 이별하는 법

내 안의 락스타를 깨워라! 207
인생을 바꾼 세 가지 | 내 안의 락스타를 깨우는 방법

세상에서 가장 창조적인 직업 218
엄마만큼 열심히 사는 존재들이 어디 있어? | 꿈꾸는 엄마, 여자, 아내

너도 즐겁니? 난 더 즐거워! 227
더 행복해지는 리듬을 찾아서 | 무엇을 하느냐보다 누구와 하느냐가 중요하니까 | 시즌2도 계속된다

나의 실패이력서, 아니 나의 노력이력서 237
장렬히 실패하라 | 도저히 '그냥' 살고 싶지가 않아서

인생을 가장 잘 사는 두 가지 방법 245
매일 만드는 기적 | 원하는 인생을 만들어 주는 최고의 방법

삶, 조금 다른 방식도 괜찮아 253
내 방식대로의 행복 | 판을 새로 짤 시간

맺음말 당신이 되어라, 당신을 위해서 258

제1장

어느 날 나는 다르게 살기로 결심했다

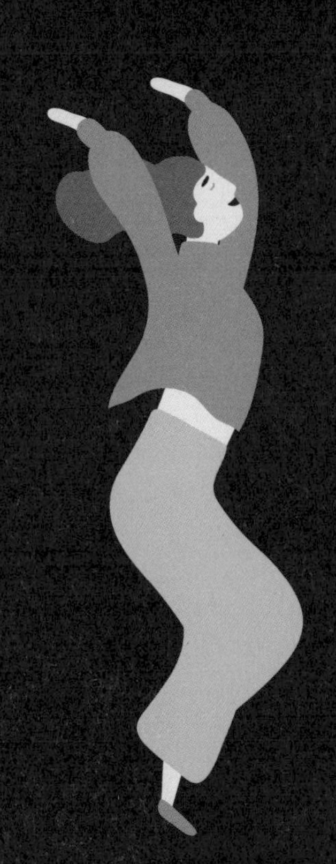

그들은 왜 불안한 걸까?
자기 자신과 하나가 되지 못하기 때문이지,
한 번도 자신을 안 적이 없기 때문이지.

_헤르만 헤세, 《데미안》

열심히 살고 싶었다

목적 없는 '열심히'는 위험해

열심히, 그리고 잘 살기 위해서는 가장 먼저 무엇을 해야 할까? 그저 하루하루 죽어라 땀 흘려 일하는 게 열심히 잘 사는 길인 걸까? 그런데 한 십 년쯤 지난 어느 날, 꽉 막힌 퇴근길 도로 위에서 이런 깨달음을 얻으면 어쩌지?

'애초에 내가 원하는 삶은 이런 것이 아니었어. 모든 것이 잘못됐어.'

이 문장에서 주목할 단어는 '원하는 삶'이나 '잘못'이 아니다. '애초에'라는 부사다. 애초에 길을 잘못 설정한 것, 애초에 하지 않았어도 될 일에 깊이 뛰어든 것. 말하자면 인생이라는 드라마의 각본을 처음부터 엉뚱하고 허술하게 작성한 게 문제다. 피터 드러커도 말했다.

> "애초에 하지 말았어야 할 일을 효율적으로 하는 것만큼 쓸모없는 짓도 없다."

신생 기업에서 가장 흔하게 저지르는 실수 중 하나는 굳이 하지 않아도 될 일에 열을 올리는 것이다. 예를 들어 제품의 잠재고객이 분명 A라는 그룹에 모여 있는데 그걸 제대로 파악하지 못해서 B와 C라는 그룹에 자금과 인력을 총동원한다. 전략을 잘못 세우고 죽을힘을 다해 그 지도를 따라가는 것이다. 결국 실패의 나락으로 굴러떨어지고 만다.

후회를 반복하는 인생도 마찬가지다. 특별한 목적 없이 성실하게만 살다 보면, 어느 날 망치로 뒤통수를 맞은 듯 아픈 깨달음이 찾아온다. 열심히 살아 봤자 제자리걸음이라는 고통스러운 깨달음이다. 그렇게 슬퍼하고 분노하고 좌절하고, 세상을 향해 육두문자를 날려 보다가 다시 또 조용히 속삭인다.

'그래도 으쌰으쌰 해봐야지.'

슬프고도 안타까운 일이다. 많은 사람들이 이런 패턴을 지겹도록 반복하고 있다. 아무리 열심히 살아도 달라진 게 없다고 느껴진다면 결국 세상이 한통속이 되어 나를 기만하고 비웃고 있다는 배신감마저 들게 된다. 그런 찜찜한 기분을 맛보지 않기 위해서는 내가 왜, 무엇을 위해서 열심히 살아야 하는지 고민해야 한다.

이 책의 주제가 '열심히 살아 봅시다'인 것은 분명하지만 나는 오해의 소지가 없도록 먼저 그 점을 이야기하고 싶다. 열심히'만' 사는 것은 위험하다. 물론 열심히 '안' 사는 건 더욱 위험하지만, 목적 없이 열심히'만' 사는 것도 위험천만한 일이다.

'나 자신'을 공부하기

평생 데리고 다니는 것도 모자라 24시간 옆에 끼고 살지만 알 듯 모를 듯 여전히 아리송한 존재. 심지어 많은 순간 뜻대로 움직여 주지 않는 그 존재는 누구일까? 바로 '나 자신'이다.

우리는 어떤 대상이 흔하고 익숙하면 그것을 잘 안다고 착각한다. 가족이나 친구도 그렇고, 사는 동네도 그렇고, 자신이 몸을 담은 분야도 마찬가지다. 언젠가 다섯 살짜리 딸아이가 "엄마, 태양은 뭘로 만들었어?"라고 묻는데 정말 놀라고 당황스러웠다. 지난 세월 매일 만난 태양이 대체 무엇으로 만들어져 있는지 정말 까마득했기 때문이다. 물론 그런 존재 중 으뜸은 '나 자신'이다.

늘 꼭 붙어 다니며 먹이고 재우고 씻기고 있으니 100퍼센트 내 손아귀에 있다고 착각하는데, 그 흔해 빠진 10문 10답만 작성해 봐도 믿었던 도끼에 발등 찍히는 느낌일 것이다. 키나 몸무게, 학력, 회사 같은 신상조사 말고, 좀 더 근본적인 자기이해를 바탕으로 하는 질문들 말이다. 이를테면 이런 것들.

통장에 마음대로 쓸 수 있는 100억 원이 있다면
가장 먼저 하고 싶은 일 세 가지는 무엇인가?

친구나 연인들에게 들었던 말 중
내가 절대로 인정할 수 없는 최악의 평가는 무엇인가?

지금까지 살면서 확실히 배운 삶의 가치는 무엇인가?

인생에 중요한 결정을 내릴 때
가장 많은 조언을 구하는 사람은 누구인가?

고통과 스트레스에서 빠져나오는 나만의 전략은 무엇인가?

인생에서 이런 질문에 답해야 하는 순간이 자주 있는 것은 아니지만, 빈도수가 낮다고 해서 중요성이 떨어지는 것은 아니다. 이런 질문이야말로 열심히 살 수 있도록 돕는 디딤돌 역할을 하고, 어떤 상황에서도 흔들리지 않을 주춧돌 기능을 한다.

나는 어떤 사람인지, 내가 청춘을 쏟아부어도 훗날 아깝지 않다고 생각할 만한 일은 무엇인지, 어디까지 버티고 얼마만큼 이겨낼 수 있는 사람인지를 알아야 인생의 방향을 정할 수 있다. 또 그걸 알아야 스물다섯 살에 결혼해 아이만 기르고 살아도 행복하고 만족할 수 있는지, 안정된 직장을 걷어차고 3년 내내 적자에 시달리는 사업체를 위해 하루 14시간씩 일해도 정신병에 걸리지 않을 수 있는지, 심지어 특별한 직업도 직장도 없이 마이웨이를 가도 자신을 사랑할 수 있는지 알 수 있다.

내가 진심으로 하고 싶은 일과 살고 싶은 인생이 A라는 걸 모른다면 하루에 14시간씩 일하고 공부하며 자기계발을 해도 결국 헛발질일 뿐이다. A에서 C로 나아가면서 B에 이른다고 착각하고 있는 것뿐이다. 나를 모르면 가랑비에 옷이 젖듯 몰락하고 만다. 아무리 죽을힘을 다해도 쉽게 넘어져 버리고, 다른 사람들의 크고 작은 성공담에 휘둘려 휘청거리면서, 인생 전체를 돈 버는 일에만 저당잡히거나 주변의 눈치를 살피느라 한 번도 '내 인생'을 살아 보지 못하는 것이다(끔찍한 저주 같지만 주변엔 이런 사람들이 차고 넘친다).

힌두교 철학 중 하나인 베단타 학파에는 다음과 같은 가르침이 전해진다.

> 사람의 고통에는 다섯 가지 원인이 있다.
> 첫째, 자기가 누군지 모름.
> 둘째, 에고 또는 자아상을 자기 자신과 동일시함.
> 셋째, 덧없이 사라지고 실재하지 않는 것들에 대한 집착.
> 넷째, 덧없고 실재하지 않는 것들에 대한 두려움.
> 다섯째, 죽음에 대한 두려움.
> 그리고 이 다섯 가지 원인들은 모두 첫 번째 원인(자기가 누군지 모름)에 포함된다.

모든 고통과 두려움은 자신에 대한 이해 부족과 불신에서 비롯된다. 관계의 두려움은 내가 관계를 잘 이끌어 가지 못하리라는 불신에서, 가난의 두려움은 나는 끝내 이렇게밖에 살지 못하리라는 내 능력에 대한 불신에서 비롯된다. 미래에 대한 불안감과 두려움도 마찬가지다. 내가 자주 좌절하고 우울해하는 것도 같은 이유임을 깨달았다. 시간이 지나면 다시 좋아지겠지만, 내 앞의 상황과 내 감정을 잘 컨트롤할 수 있을 것이란 믿음이 없으면 또다시 흔들리고 만다.

믿음의 부재는 곧 나에 대한 이해의 부족이기도 하다. 내가 어떤 사람인지를 파악하면 다가올 고난과 실패에도 잘 대처할 수 있다. 아들러는 말했다. 삶이 힘든 게 아니라 나 자신이 힘든 거라고. 항상 나를 가로막는 것은 나 자신이라고 말이다.

무엇보다 자신에 대한 공부가 선행되어야 한다. 나는 누구인가? 이 질문에 대답할 수 있으면 다른 모든 질문에 대한 답도 찾을 수 있다. 성공하고 싶다면? 행복해지고 싶다면? 심지어 모든 두려움을 몰아내고 죽음에 대한 공포마저 이 삶에서 지워버릴 수 있다면? 모든 사람들이 궁극적으로 바라는 것의 시작은 뜻밖에도 '내 안'에 있다.

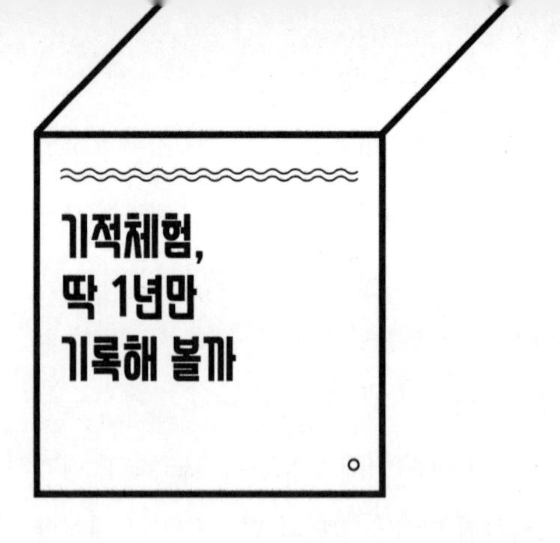

기적체험,
딱 1년만
기록해 볼까

나에게
던지는 질문

자신이 원하는 것을 하나둘 현실로 끌어들이려면 가장 먼저 내가 뭘 원하는지 알아야 한다. 내게도 어느 날 그 거대한 질문이 떠올랐다.

'네가 진정으로 원하는 인생은 뭐니?'

질문에 대한 답은 쉽게 찾을 수 없다는 걸 우리 모두 알고 있다. 많은 책에서 읽어 보니 어떤 사람들은 이 질문에 답하는 데 평생이 걸리기도 했단다. 나도 마음을 비우고 아주 서서히 그걸 발견해 가기로 결심했다. 그런데 어떻게? 무엇으로? 나는 일단 일기를 쓰며 답을 찾고자 했다. 그렇게 내 한평생의 로맨스, 내 사랑 '일기쓰기'의 기나긴 여정이 시작됐다.

열아홉 살 무렵이었다. 그전에도 드물게 일기를 썼지만 변화를 작심하고 뭔가를 기록한 것은 그때부터다. 나는 정말로 달라지고 싶었다. 진심으로 다르게 살아 보고 싶었다. '쫄딱 망한 집안의 셋째 딸'이라는 수식어 말고, '대충 고등학교만 졸업하고 적당한 데 시집가는 미래' 말고 좀 더 다채롭고 다양하게 세상을 경험해 보고 싶었다.

그때부터 노트를 펼쳐 말 그대로 모든 것을 써 내려가기 시작했다. 이전까지는 한 번도 던져 본 적 없는 질문들을 던졌다.

나는 무엇이 될 수 있을까?
나는 어디로 갈 수 있을까?
나는 누구와 함께, 어떻게 살아가게 될까?

부끄러움과 두려움은 과감히 내려놓았다. 이기적으로 행복하고, 독보적으로 유쾌하며, 온전히 나답게, 제멋대로 살겠다고 결심했다. 당장에 그게 안 된다면 적어도 내 일기장 안에서만큼은 그렇게 하겠다고 생각했다. 나는 운 좋게도 아주 일찍 알아버렸다. 뜨겁고 즐거운 인생을 위한 유일무이한 솔루션은 바로 '내 식대로 살아가기'라는 것을. 그렇게 진짜 변화가 시작됐다. 꿈을 위한 나만의 여행길이 펼쳐진 것이다.

일기쓰기로 시작된
인생역전

누군가 변화에 대한 열망은 간절하지만 어디서부터 시작해야 할지 모르겠다면 일기부터 쓰라고 권한다. 꿈이 뭔지 모르겠다고 한숨만 쉬고 있다면 습관적으로 접속하는 스마트폰 속 애플리케이션 두 개만 삭제하고 그 시간에 일기를 쓰면 된다. 하루에 10분, 일주일에 딱 세 번만 써도 좋다.

나는 일기를 쓰면서 다시금 나를 사랑하고 긍정하기 시작했다. 이전까지의 내 정체성은 '실패한 집안에서 태어나 실패를 예약한 사람'이었다. 당연히 자신감도 자존감도 바닥에 떨어져 있었다. 자기연민, 자기학대와 혐오 속에서 온종일 왔다 갔다 하며 지냈다. 실제로 어느 누구도 내가 괜찮은 어른으로 성장할 거라 생각지 않았다. 그런 내가 일기를 쓰며 내 정체성을 다시 써 내려가기 시작했다. 퀸의 프레디 머큐리가 말했듯 "내가 누구인지는 내가 결정하겠다."가 된 것이다.

나는 일단 아무도 좋아해 주지 않는 나 자신을 최고의 연인처럼 아끼고 사랑해 보겠다고 다짐했다. 오로지 나라는 주제로 일기를 쓰다 보니 내게도 꽤 괜찮고 심지어 근사해 보이는 부분이 많았다. 그건 엄청난 변화의 시작을 의미하는 것이기도 했다. 지금 생각하면 내 인생이 뒤바뀐 순간은 빚더미로 모든 것이 무너진 중학교 2학년 때도 아니고, 오랜 시간 바라던 작가의 꿈을 이룬 스물다섯 살 때도 아니다. 우울하고 막막하고 두려웠지만 바늘구멍만 한 가능성에 집중하며 '나는 다르게 살겠어. 그리고 그 시작으로 일기를 쓰겠어.' 하고 결심하던 그 순간이었다.

10대 후반부터 쓰기 시작한 일기는 20대 내내 나를 지탱하는 힘이 됐다. 나는 20대를 보내는 동안 단 하루도 빠짐없이 일기를 썼다. 꼬박 10년이다. 이 세상에 나보다 절실한 사람도, 나보다 치열한 사람도 없는 것처럼 매일 그렇게 일기를 썼다. 그 말은 곧 매일 나를 들여다보고 고민하는 시간을 가졌다는 의미다. 나는 여행지에서도, 몸살에 시달리면서도, 중요한 시험기간에도, 연인과 이별한 날에도 일기를 썼다.

2002. 07. 18.

돈이 없어도, 좋은 대학을 나오지 않아도, 이끌어 주고 도와 줄 끈이 없어도 충분히 행복하고 즐겁게 살 수 있다는 걸 보여 주고 싶다. 마땅히 행복할 만하니까 행복한 것 말고, 어떤 상황과 처지에 놓이더라도 스스로 행복하다고 생각하는 사람. 눈을 씻고 찾아봐도 행복할 거리가 없다면? 혼자서 행복과 감사를 만들어 낼 수 있는 사람이 되는 게 최종 목표다. 누가 봐도 성공할 만하니까 성공하는 것 말고, 악조건을 타고났지만 '그래서 뭐? 어쩌라고요?' 하는 깡과 끼와 꿈으로 똘똘 뭉쳐 성공해 보고 싶다.

변화의 시작으로 일기쓰기를 선택한 것은 신의 한 수였다. 매일 나를 들여다보고 대화하고 웃고 우는 시간은 자연스럽게 스스로를 사랑하는 연습의 장이 되었기 때문이다. 취업, 연애, 창업, 대학원 진학, 이직처럼 중요한 결정이나 고민을 앞둘 때에도 어김없이 일기를 쓰며 마음을 다스렸다. 고요함 속으로 나를 밀어넣고 나 자신과 '진짜 대화'를 시작한다. 머리가 아닌 가슴으로 나누는 대화.

그게 정말 솔직한 네 마음이야?

왜 지질하게 자꾸 스스로를 속여?

다 치유된 줄 알았는데 비슷한 일을 겪을 때마다 아직도 마음이 위축되는구나.

내가 진짜로 하고 싶은 일은 뭘까?

내가 진심으로 행복한 일은 대체 뭘까?

'딱 1년만 하루도 빠짐없이 써 보자'며 시작했던 일기쓰기는 10년 넘게 이어져 이제는 내 삶에 가장 즐겁고 뜻깊은 의식이 되었다. 일기장은 내게 프라다백보다 소중하고, 심지어 석사학위보다도 중요하다. 불이 나면 가장 먼저 들고 나올 재산 목록 1호이자 지난 모든 시간이 담긴 자서전, 마음치유와 자존감 회복의 임상실험노트 같은 것이다.

나는 지금도 독자와의 만남이나 강연장에서 '변화'에 대해 묻는 사람들에게 단돈 5,000원을 가지고 5분 만에 인생이 변하는 방법인 일기쓰기를 적극 추천한다.

"2,000원짜리 펜 하나와 3,000원짜리 노트 한 권으로 하루에 딱 5분씩 투자해서 변화를 이끌어 낼 수 있다면 어떨까요? 밑져야 본전이니 한번 시도해 보시겠어요?"

쓰면
무조건 변한다

딱 1년만 꾸준히 일기를 써도 삶이 바뀐다. 바뀌지 않는 게 더 놀라울 정도다. 왜냐하면 일기를 쓴다는 것은 내 삶의 본질적인 무엇을 들여다보는 것이기 때문이다. 그러니까 '살을 빼야 돼'가 아니라 내가 왜 살이 찌고 있는 것인지, 식습관의 문제가 사실은 마음의 문제, 즉 해결되지 못한 어린 시절 트라우마나 애정결핍처럼 근본적인 것에 기인하는 건 아닌지 알 수 있다. 일기를 쓰며 '나'를 관찰하다 보면 가능해진다.

피상적인 것만 파악하면 정작 핵심은 절대 바뀌지 않는다. 많은 이들의 변화가 작심삼일에 그치는 이유가 여기에 있다. 약한 의지를 탓하며 외부적인 요소만 바꾸는 것은 의미가 없다. 내가 그랬으니까. 상처 받은 내면의 어린아이는 무시한 채 눈앞에 닥친 순간의 문제만 모면하려고 노력해서는 아무것도 달라지지 않는다. 그런데 사실 이 핵심을 파악하는 게 말처럼 쉽지 않다. 자신도 모르는 경우가 많고, 알면서도 애써 외면하는 경우가 허다하기 때문이다.

마음을 열고 자신과 대화를 하다 보면 본질에 닿는 것이 가능해진다. 그래서 일기쓰기는 삶을 바꾸는 도구가 된다. 일기를 쓰면 내면의 목소리가 소곤소곤 말을 걸어올 것이다. 처음엔 마치 토라진 연인처럼 이야기한다. 그럴 때에는 달콤하고 다정한 말로 어루만지고 위로하면 된다. 그러니까 일기쓰기는 나는 너를 사랑한다는, 너의 모든 얼룩덜룩함이나 울퉁불퉁함도 보듬고 함께할 것이라는 고백이다.

UCLA 의과대학의 임상심리학자인 로버트 마우어는 말했다. 일기를 쓴다는 것은 누구도 보지 않을 책에 헌신할 만큼 자신의 삶이 가치 있다고 판단하는 것이라고.

오랜 일기쓰기로 나는 잘못된 신념과 자아상을 걷어냈다. 나를 사랑하기 시작하면서 말 그대로 모든 게 변했다. 스스로를 똑바로 쳐다보며 그냥 나답게 살기로 결정하자 인생이 환상적으로 느껴졌다. 당장 의자를 박차고 일어나 무엇이든 도전하고 어디로든 떠나 보고 싶었다.

그 순간 내게 돈이 없다는 사실은 하나도 중요하지 않았다. 여전히 빚더미에 치여 힘겨운 상황이라는 현실도, 당장 다음 달 월세가 부족하다는 사실도 몽땅 지워졌다. 머리가 뜨겁고 심장이 쿵쾅대는 소리가 내 귀에도 들릴 정도로 나는 꿈의 열병을 앓았다.

'인생은 어찌해도 좋은 거야. 있는 그대로의 나 자신을 사랑할 수 있다면.'

나도 내 안에 그토록 많은 꿈과 끼와 열정이 있는지 미처 몰랐다.

어디까지 열심히 살아 봤니?

기꺼이 한 걸음 더 내딛게 하는 힘

누구에게나 한걸음 더 내딛게 만드는 원동력이 있다. 어떤 사람을 떠올릴 때 한 시간 더 공부하게 되기도 하고, 어떤 꿈이나 목표만 생각하면 새벽 5시에 눈이 떠지기도 한다. 내게는 가장 힘든 시기에 상상력과 창의력을 몽땅 털어 넣어 만든 나만의 특별한 인생 프로젝트가 그런 힘이 되어 주었다.

내게는 열심히 살 수 있는 명분이 필요했다. 막연하고 애매한 것 말고 손에 쥘 수 있는 확실하고 명확한 뭔가를 원했다. 한

숨짓게 될 때마다 가만히 들여다보는 것만으로도 숨이 가빠질 만큼 설레는 무엇.

그래서 나만의 인생 프로젝트를 만들었다. 어제보다 나은 내 일을 위한 노력, 아니 '노오력' 프로젝트. 나는 그것을 통해 한평생 지구상에서 가장 열심히 살 충분한 명분을 발견했다. 스무 살 무렵부터 서른 살까지 10년간 쓰고, 고치고, 업데이트하기를 수차례. 훗날 '101 프로젝트'라고 이름 붙여 준 그것 덕분에 오랜 시간 나는 웃고, 꿈꾸고, 사랑하고, 어디론가 떠날 수 있었다.

《미래경영의 지배자들》의 저자이며 미래학자인 롤프 옌센의 명함에는 이렇게 쓰여 있다고 한다.

최고상상책임자(Chief Imagination Officer)

그의 직업은 마음껏 틀을 깨고 상상하는 것이다. 현재를 둘러싼 뻔한 이야기는 상상의 주제가 아니다. 누구도 '텔레비전을 켜는 것'을 상상하지 않는 것과 같다. 반면 '아직은 현실이 아니지만 이것도 가능할까?'와 같은 질문이 상상의 주 재료가 된다.

내 인생 프로젝트의 시작도 바로 '질문'과 '상상'이었다. 더 정확하게 말하면 질문과 상상을 바탕으로 한 나만의 리스트다.

어느 것 하나도 현실이 아니었지만 내 인생의 최고상상책임자가 되어 모든 것을 진두지휘하기 시작했다.

나는 내가 바라는 나의 모습, 가고 싶은 나라와 만나고 싶은 사람들, 나를 기쁘고 행복하게 만드는 것들과 묵은 상처, 아픔들을 몽땅 끄집어내기 시작했다. 주제도 없고 형식도 없었다. 그냥 마음이 이끄는 대로 '나'에 대해 두서없이 나열해 갔다. 룰은 단 두 가지였다.

하나, 진심만을 담을 것.
둘, 한계를 두지 말 것.

그때부터 모든 것을 적었다. 꿈과 미래, 상처와 치유, 앞으로 하고 싶은 사업 아이디어들도 적어 보고 이력서에 추가하고 싶은 직업 리스트도 적었다. 내가 가진 장점들, 고치고 싶은 습관들, 읽고 싶은 책들과 후회되는 사건들도 적었다.

어떤 것은 많은 질문이 필요했다. 이를테면 '인생을 통해 도전하고 싶은 것들'을 작성하는 데는 굉장히 오랜 시간이 걸렸고 스스로에게 먼저 많은 것을 물어야 했다.

어떤 것은 거대한 상상력이 필요했다. 이를테면 '살면서 한 번도 안 해 본 일들' 리스트는 내가 가진 창의력과 상상력을 최대한 발휘하고 나서야 완성되었다.

나는 쓰고, 쓰고 또 쓰며 처음 보는 내 모습, 꽁꽁 숨겨 왔던 나를 만났다. 어떤 나는 유치한 몽상가 같았고, 또 다른 나는 거대한 야심가 같았다. 내 글들 속에는 좋아하는 책 한 권으로 세상을 다 얻은 듯 행복해하는 나도 있었고, 해마다 한 권씩 책을 내는 작가가 되겠다는 포부로 가득찬 나도 있었다. 무엇이 되었든 나는 남들과 비슷해져야 한다고 생각하기를 관두기로 했다. 세상에 나를 끼워 맞추거나 세상 사람들이 나를 좋아하게 만들도록 좀 더 그럴 듯하게 행동하는 어리석은 짓을 이제는 그만하자고 다짐했다.

그렇게 6개월쯤 지났을까? 햇살이 유난히도 쨍하던 무더운 여름의 어느 날, 모든 뒤죽박죽 리스트를 정리해 나만의 프로젝트로 재탄생시키기로 결심했다. 누가 알아주든 말든 상관없었다. 이건 영화처럼 멋지게 살기로 선택한 나만의 인생 기술이니까. 지금부터 소개하는 '101 프로젝트'는 그렇게 시작되었다.

인생을 건
프로젝트의 준비물

자유의 반대는 억압이 아니라 타성이라는 말에 공감한다. 안타깝게도 세상에는 타성에 젖은 채 변화를 갈망하는 사람들이 너무나 많다.

사실 우리들의 일상은 대체로 비슷하다. 그래서 스스로 마음먹고 타성을 깨뜨리지 않는 한, 무의미하게 반복되는 생활 속에서 생을 마감할 가능성이 크다. 오늘이 어제 같고 내일은 또 엇비슷한 오늘 같은 일상을 영위하면서 '나만의 프로젝트'를 갖는 것은 이 지지부진한 세계를 다른 방식으로, 다른 궤도에서 살아가겠다는 결의이기도 하다. 내게 주어진 인생에 끝없이 감동하고, 세상을 놀이터 삼아 부단히 도전하며, 죽을 때까지 꿈꾸고 여행하고 배우겠다는 다짐이다.

그렇다면 나만의 인생 프로젝트(버킷리스트나 드림리스트라는 말로 대신해도 좋다. 뭐든 본인 편할 대로)를 시작할 때 가장 필요한 것이 무엇일까? 앞서 말했듯 상상력과 창의력만 준비하면 된다. 자신감, 용기, 의지와 끈기 등은 다음 문제. 그 이유는 김형경 작가의 책 《소중한 경험》 속 구절로 대신하고 싶다.

우리는 상상력을 동원해서 삶의 비전을 만들고, 창의성을 발휘해서 비전을 구체화시키는 방법들을 찾아낸다. 자기만의 인생을 창조하기 위해서, 그 삶의 주인이 되기 위해서 꼭 필요한 역량이 상상력과 창의력이다.

하얀 종이 위에 펜으로 한 글자 한 글자 '모든 가능성의 것들'을 적던 스무 살에서 15년이란 시간이 흘렀다. 결론부터 말하자면 나는 거의 모든 꿈을 이뤘다. 세상과 타인이 정해 준 타자화된 꿈이 아닌 내 손으로 적어 내려간 행복, 감사, 성공을 거머쥐었다.

나는 지루한 어른의 일상에서 매일 새로움을 발견하는 방법을 알고 있다. 관계 속에서 배움을 얻고, 매일 조금씩, 병아리 눈물 만큼일지라도 성장해 가는 법도 터득했다. 무엇보다 이 프로젝트를 통해 겉모습뿐 아니라 내면의 구멍을 하나둘 메워서 내 인생을 내 마음대로 컨트롤할 수 있는 힘을 갖게 되었다고 자부한다. 그건 스무 살의 내가 생각했던 진정한 자유이자 진짜 성공이었다.

이 엉뚱발랄한 프로젝트를 진행하는 동안 열심히 살지 않을 도리가 없었다. 이전까지의 '열심'은 남에게 보여 주기 위한 쇼맨십이나 나 자신을 속이는 어설픈 위로 같은 것이었다. 하지만 내가 좋아서 시작한 일들을 위한 '열심'은 달랐다. 매일매일 내 꿈과 하이파이브를 하는 기쁨의 여정이었다. 어떤 것은 경력에 한 줄 보탬조차 되지 않는 삽질이 분명했지만 그래도 재미있게 땀 흘릴 수 있었다. 아니, 사실상 최선을 다한 일에는 삽질이라는 꼬리표가 붙어선 안 된다고 생각하게 되었다.

이제부터 소개하겠다. 나의 101 프로젝트, 나의 열정과 꿈 프로젝트, 나의 방황과 몽상 프로젝트라고 할 수도 있고, 나의 삽질 프로젝트 또는 나의 두근두근 설렘 프로젝트라고 할 수도 있겠다.

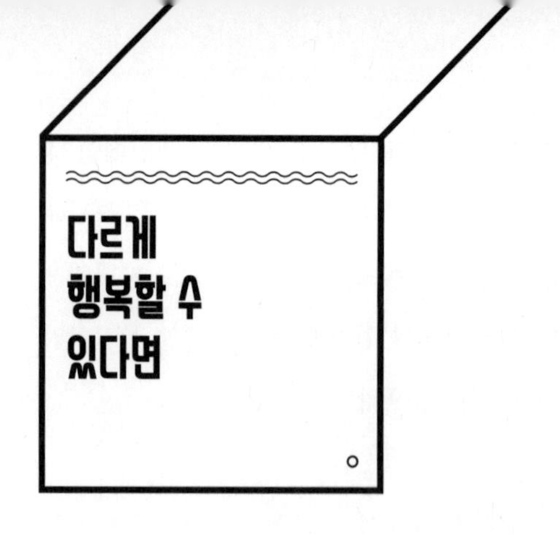

내 삶의
주인이 된다는 것

처음엔 그냥 무엇이든 적기만 했다. 그게 전부였다. 20대를 관통하는 청춘이라면 흔히 떠올릴 법한 것들이었다. 앞으로 어디서 어떤 일을 하고 싶은지, 어떤 인생을 누구와 함께하고 싶은지 등등. 다른 점이 있다면 아주 구체적이고 다양했다는 것. 아마도 두려움을 걷어 버렸기 때문에 가능했던 것 같다. 나는 이런 대학을 나왔으니까 이것밖에 길이 없을 것이라는 두려움, 나는 이런 집에서 태어났으니까 여기까지가 내 한계라는 식의 두려움들 말이다. 나 자신에게 아무런 억압도 가하지 않고 닥치는 대로 적어 봤다. 돌아보면 내 삶에서 가장 큰 자유를 느낀 순간이었다. 그렇게 내 일생일대의 프로젝트는 시작되었다. 나는 내가 적은 종이들이 그냥 평범한 종잇조각이나 폐지가 되지 않기 위해서는 모든 것을 정리하고 실행에 옮겨야 한다고 생각했다. 실천하지 않은 리스트는 공허한 외침일 뿐이니까.

프로젝트의 이름은 앞서 말한 '101 프로젝트'다. 프로젝트의 핵심 키워드는 크게 네 가지로 잡았다. 성장, 치유, 행복, 변화. 이 주제로 나 자신을 완성해 갈 계획을 세웠다. 무조건 성공만 외치는 것은 공허하다 느꼈고, 변화는 치유와 행복과 함께 이루어져야 가능하다고 여겼다. 그래서 네 가지 영역이 고루 균형을 이뤄야 했다.

일상 속에서 큰 어려움이나 지루함 없이 실천할 수 있는 것들, 매일 꾸준히 실천해서 장기적인 변화나 꿈의 성취를 돕는 것들을 고민했다. 무조건 하고 싶은 일만 적는 버킷리스트는 내게 큰 의미가 없었다. 너무 큰 목표만 좇다 보면 일상을 제대로 사랑하고 돌볼 수 없을 것 같았다. 어른이 된 이후 내가 진정 공을 들여야 할 부분은 무작정 새로운 것만을 발견하려 하기보다는 새로운 눈으로 세상을 보는 방법을 깨닫는 것이었다. 이를 염두에 두고 프로젝트를 시작했다.

101 프로젝트에는 크게 다섯 가지 종류가 있다.

❶ 101 N 프로젝트(101 New thing Project)

살면서 한 번도 시도해 보지 않은 일 101가지를 해 보는 프로젝트다. 이 프로젝트는 사실 서른 살을 넘기고 본격화했다. 그전까지는 일부러 찾지 않아도 많은 일들이 생애 첫 경험이었다. 하지만 30대에 접어들자 나도 모르게 편하고 익숙한 것만 찾게 된다는 것을 발견했다. 그래서 그때부터 이 프로젝트를 본격 풀가동하기 시작했다.

작성한 리스트는 1년 안에 해치워도 좋고 3년, 5년, 각자 기간을 정해 놓고 시작해도 좋다. 이 프로젝트의 장점이 뭐냐고? 직접 실천해 보면 알겠지만 일상에 지루할 틈이 없다. 매일매일이 모험 가득한 낭만 다큐멘터리처럼 여겨지기 때문이다. 무엇보다 색다른 경험들을 통해 삶의 다른 영역을 탐색할 수 있고, 나라는 사람을 재발견하는 계기가 되기도 한다. 해 보기 전에는 모른다. 그 일이 나에게 무엇을 가져다 줄지.

나는 새빨간 립스틱을 바르고 남편과 함께 저녁 약속에 나서기도 하고, 난생 처음 만나는 사람과 친구를 맺어 보기도 한다.

달팽이를 키우고, 독서모임과 책 쓰기 수업을 열어 보기도 한다. 우산도 우의도 없이 장대비를 맞은 적도 있고, 미용실에 가서 "아무렇게나 잘라주세요." 하고 용감히 외쳐 보기도 한다.

처음 사 보는 종류의 책을 고르고, 딸과 함께 베이킹 수업에 등록하기도 한다. 세 시간은 족히 걸릴 게 분명한 새로운 요리에도 도전해 보고, 좋아하는 작가에게 편지를 써 보기도 한다.

모두 내 생애 처음 일어나는 일들이고 일상에서 반짝하는 순간들이다.

❷ 101 M 프로젝트(101 Meeting Project)

살면서 만나 보고 싶은 사람 101명을 만나 보는 프로젝트. 인맥 확장을 위해서냐고? 아니다. 경청, 배려, 포용, 커뮤니케이션 능력처럼 오직 오프라인 만남을 통해서만 얻을 수 있는 보석들을 갖기 위해서다.

이 프로젝트를 '휴먼 라이브러리 리스트'라고도 부른다. 모든 사람은 한 권의 책이다. 한 사람의 인생은 때론 100권의 책보다 더 큰 지혜를 품고 있기도 하다.

나는 수년 전 여성가족부 프리랜서 기자와 모 잡지사 외부 칼럼니스트로 일하며 유명 인사들을 마음껏 만나 보는 행운을 누렸다. 작가로 활동하며 인터뷰 명목으로 특별한 분들을 잔뜩 만나 보기도 했다. 다양한 분야의 전문가들과 평범해 보이지만 특별한 인생 스토리를 가진 인물들을 만나 그들의 경험이 제련한 황금 메시지를 가슴에 새겨 왔다.

우리 삶에서 만남만큼 신비로운 경험은 없다고 생각한다. 누군가의 이야기에 귀 기울이는 것은 아름다운 음악을 듣거나, 사랑스러운 영화를 보거나, 웅장한 예술작품을 감상하는 일만큼 우리를 신비로 이끌기 때문이다.

❸ 101 C 프로젝트(101 Challenge Project)

101가지 도전 프로젝트. 죽기 전까지 도전해 볼 101가지 목록을 정해 놓고 실천하는, 어쩌면 모든 101 프로젝트를 통틀어 가장 핵심적인 프로젝트라고 할 수 있다.

내게 중요한 건 '도전' 자체지, '도전에 성공하는 것'이 아니다. 도전을 끝마치는 것은 매우 중요한 일이지만 도전을 성공적으로 끝마치는 것은 별개의 문제라고 여겼다.

예를 들어 서른 살 전에 1억 원을 모으겠다는 목표를 세웠다고 생각해 보자. 가능한 범위 내에서 최선의 노력을 다했지만 서른 살 전에 7천만 원밖에 모으지 못했다면 그 도전은 애초에 실패한 것일까? 나는 실천에 중점을 두되 그 과정에서 얻게 되는 성취는 옵션이라고 여겼다. 최대한 노력하되 결과에 연연하지 않기. 그게 아니라면 도전은 너무나 고통스럽고 부담스러운 의무가 되어 버린다. 그냥 한 평생 즐기면서 하고 싶어서 목표를 이루어 가는 내 모습에만 집중하기로 했다. 목표가 어긋났을 때의 내 모습도 사랑해야 한다는 것을 이 프로젝트를 통해 배우게 되었다.

지난 시간 많은 것에 도전하고 실패하고 성공했다. 다양한 나를 만나고 수많은 가치를 배우며 울고 웃었다. 새로운 한 가지를 시작할 때마다 인생에 새로운 길이 하나씩 틘다는 것을 깨달았다. 대단한 도전도 있었고, 평범한 도전도 있었지만 확실한 것은 모든 발걸음 하나하나가 나의 삶에 영감과 통찰을 촉발했다는 것이다.

지금껏 내가 도전한 일들은 다음과 같다.

대한민국 국토종단

10년간 해마다 책 한 권씩 내는 작가 되기

라디오 진행해 보기

내 회사 창업하기

전 세계 60개 도시 여행하기(단 20개는 혼자, 20개는 가장 사랑하는 남자와 함께, 나머지 20개는 아이와 함께)

10년 이상 하루도 빠짐없이 일기 쓰기

다양한 분야의 학위 다섯 개 취득하기

서울에 내 집 마련

서른 살 전에 책 1,000권 읽고, 영화와 다큐멘터리 1,000편 보고, 글 3,000시간 이상 쓰기

제3세계 아이 후원하기

나만의 브랜드 런칭하기

성경 완독하고 필사 마치기

대중강연 100회 이상 하기

노마드족으로 월수입 천만 원 이상 벌어 보기

엄마와 단둘이 여행 떠나기

중국어 통번역사 되기

30대에 자산 10억 원 이상, 경제적 자유 얻기

누군가의 극적인 변화를 지켜보는 일은 삶에서 몇 안 되는 아주 특별한 순간이다. 그런 마법 같은 일은 흔히 일어나지 않으니까. 그런데 그 '누군가'가 바로 나 자신이라면 어떨까? 그건 마법을 넘어 어떤 기적처럼 느껴질 것이다. 도전 프로젝트를 진행하는 동안 달라진 나를 지켜보는 일이 그랬다. 길고 뜨거운 노력 끝에 원하는 일들이 하나둘 아루어지는 것은 내게 놀라운 기적의 현장이었다.

❹ 101 S 프로젝트(101 Start Project)

101 S 프로젝트는 새로운 습관이나 시작을 위한 마법의 101일을 말한다. 삶에 적용하고 싶은 좋은 습관을 위한 101일의 마늘(?) 프로젝트라고나 할까?

새로운 습관이 몸에 배려면 과학적으로 21일 정도의 시간이 필요하다고 한다. 사고로 팔과 다리를 잃은 환자들을 관찰한 결과 잃어버린 신체 일부를 인지하기까지 대부분 21일 정도의 시간이 필요했다는 연구결과에서 비롯한 것이다. 사람마다 다르겠지만 나는 어떤 일을 제대로 맛보기까지, 말하자면 '아, 이제야 감 좀 잡히네.' 할 때까지 대략 100일 정도의 시간이 필요했다. 이 프로젝트는 그렇게 시작하게 되었다. 내겐 101일이 변화를 위한 최소한의 노력을 기울이는 시간이다.

나는 100일가량 디지털 디톡스를 시도한 적도 있고, 100일 정도 꾸준히 감사일기를 작성해 보기도 했다. 그 밖에도 물 2리터 마시기, 새벽 5시 기상, 요가나 조깅, 명상 등 좋은 습관들을 진득하게 시도해 보고 그간의 변화 과정을 자세히 들여다보기도 했다. 내 몸에 맞아 지속적으로 하게 된 경우도 있고, 버겁고 힘들어서 그만둔 경우도 있다.

중요한 것은 내가 나를 통제하고 있다는 그 기분 좋은 느낌을 알아 버렸다는 것! 인생의 리모컨이 드디어 내 손에 들어왔으며, 눈에 보이는 것과 보이지 않는 영역까지 스스로 통제할 수 있다는 것을 경험했다는 사실이다.

그게 뭐 그리 중요하냐고? 아주 중요하다. 인생이 뒤집어질 만큼 중요하다. 나에 대한 패러다임이 바뀌기 때문이다. 아주 사소한 승리라도 승리의 기억은 우리의 잠재의식 깊숙이 뿌리 내려 또 다른 승리를 끌어들인다. 한 번 가 본 길은 처음 가 본 길보다 훨씬 수월하다. 한 번 승리의 추월차선을 타기 시작하면 나중엔 내비게이션도 필요 없다.

❺ 101 H 프로젝트(101 Happiness Project)

간혹 강연장에서 독자들을 향해 이런 질문을 던진다.

"행복해지기 위해 어떤 것까지 해보셨나요? 혹시 '나를 행복하게 만드는 일들'이 무엇인지 모르지는 않나요?"

실제로 생각보다 많은 사람들이 무엇을 할 때 마음의 평화를 느끼는지, 스트레스가 극에 달했을 때는 가장 먼저 무엇을 하면 좋은지, 나를 행복하고 기분 좋게 만드는 일은 무엇인지조차 모른다. 나를 기쁘게 하고 설레게 만드는 일들을 몽땅 떠올리고 실천해 보는 것이 바로 101 H 프로젝트다.

우리는 취업이나 재테크에는 그토록 공을 들이면서 그것들의 궁극적인 목표인 행복을 위해서는 최선을 다하지 않는다. 이 프로젝트 목록을 작성하다 보면 성공의 기준보다 중요한 행복의 기준을 '새로고침' 할 수 있게 된다.

나는 요가와 명상을 생활화해 보기도 했고, 나와 아무 연관도 없는 사람을 위해서, 그리고 한때 내가 깊이 미워했던 사람을 위해서 꾸준히 기도하기도 했다. 시집을 통째로 필사하기도 하고, 갑자기 꽃이나 화분을 사서 친구에게 건네기도 한다. 어떤 도시를 여행하든 서점을 가장 먼저 순례하거나 아침에 눈을 뜨자마자 딸아이의 냄새를 킁킁 맡기도 한다. 모두 나를 행복하게 만드는 일, 삶을 더 풍요롭고 아름답게 만드는 일들이다.

그리고
계속되는 삶을 위하여

이 밖에도 나는 다양한 101 프로젝트를 시도해 본다. 101 W 프로젝트(101 Why Project)는 삶에서 가장 중요한 101가지 질문에 대한 답을 찾는 것이다. 모든 발전과 성장은 질문으로부터 시작된다고 믿으니까.

101 A 프로젝트(101 Activity Project)는 아이가 태어난 이후에 시작해 본 것이다. 대략 아이가 스무 살이 될 때까지 아이와 함께할 수 있는 101가지 놀이 활동을 해보는 프로젝트다.

또 101 B 프로젝트(101 Book Project)는 사실상 해마다 진행하고 있는 것이다. 1년에 101권의 책을 읽는 나만의 독서 프로젝트. 해마다 실행하는 것이 버겁다면 3년에 한 번꼴로 주제를 바꿔 가며 진행해도 좋다. 책보다 영화, 전시나 강연에 더 큰 영감을 받는 분들은 자신의 관심과 취향에 따라 시작하면 된다.

지금까지 소개한 모든 101 프로젝트를 전부 따라 할 필요는 없다. 특별히 마음에 끌리는 것이 있다면 각자 시도해 보면 된다. 모든 프로젝트의 구성과 성격이 나와 동일할 필요도, 이유도 없다. 101 대신 99 또는 300. 무엇이든 원하는 대로 정해서 시작하면 된다.

101이라는 숫자를 선택한 이유는 모든 프로젝트가 101가지로 이루어지기 때문이다. 사실 숫자는 큰 의미가 없다. 99는 약간 모자라고, 100은 너무 밋밋한 것 같아 101가지로 통일한 것뿐. 서른 가지나 일흔 가지가 아닌 이유는 적어 보면 안다. 그 정도 범위는 현재 나의 능력 안에서 충분히 실현가능한 것들, 큰 고민이나 영감이 없이도 적어 내려갈 수 있는 목록이 될 가능성이 크기 때문이다. 내가 가진 편견과 한계를 깨뜨려 가장 아름답고, 가장 행복하며, 가장 성공적이고 즐거운 나를 채색하기 위해서는 101가지쯤 필요하다는 것, 적어 보면 다들 알게 될 것이다.

101 프로젝트는 무엇이든 상관없다. 내가 열심히 뛰어들고 싶은 분야가 무엇인지는 본인이 가장 잘 알 테니까. 새로운 요리 101가지에 도전해 보고 싶은 분들은 101 F 프로젝트(101 Food Project)를 시작해도 좋고, 마흔 살 전에 갖고 싶은 것 101가지를 전부 소유해 보겠다는 분들은 101 I 프로젝트(101 Item Project)에 도전하면 된다. 우리나라나 전 세계 명소 101곳을 방문해 보고 싶은 분은 101 G 프로젝트(101 Go Project)도 좋겠다.

《어린 왕자》에서 어린 왕자는 철도원에게 이렇게 말한다.

"자기가 무엇을 원하는지 정확히 아는 사람은 아이들뿐이에요. 아이들은 헝겊 조각으로 만든 인형을 오랫동안 갖고 놀 수 있어요. 그것은 아이들에게 아주 소중해요. 그래서 누군가 그것을 빼앗으면 금방 울음을 터뜨리지요."

이 말은 들은 철도원은 말한다.

"아이들은 행복하겠구나."

헝겊 조각처럼 하찮은 것일지라도 자신이 원하는 것을 제대로 알고 즐길 수 있는 사람은 행복하다. 마치 어린아이들처럼. 내가 이 모든 101 프로젝트를 진행하며 얻은 한 줄은 바로 이것이다. 일상을 주무르며 그 안에서 기쁨을 찾을 줄 아는 사람은 홀로 방 안에 있어도 행복할 수 있다. 여러분도 어린아이처럼 행복해질 수 있다.

가장 뜨겁고 간절한 꿈을 찾아서

평생 글을 쓰며 사는 삶

언제나 내가 가장 하고 싶은 일은 글을 쓰는 것이었다. 아마도 책과 치명적인(?) 사랑에 빠지면서부터 시작된 것 같다. 내 경험과 주변 작가들의 이야기를 보태자면, 책벌레들은 인생의 어느 시기에 반드시 '내 책을 쓰고 싶다'는 병, 이른바 '내책병'에 걸린다. 이건 누가 치료해 줄 수도 없는 병이지만 세상에서 가장 착하고 고마운 병이 아닌가 싶다.

사실 나는 아주 어렸을 때부터 작가를 꿈꿨다. 초등학교 생활기록부에도 장래희망은 작가라고 적혀 있다. 내 기억이 맞다면 작가가 어떤 사람인지를 알게 된 유치원 때부터 작가가 되고 싶었다.

내가 출간할 목적으로 글을 쓰고 본격적으로 투고를 하기 시작한 때가 스무 살 무렵이다. 101 프로젝트를 시작하며 도전 목록을 작성했을 때 필터 없이 가장 먼저 떠오른 일도 역시 작가가 되는 것이었다. 미래의 어느 시점에 반드시, 작가가 되어 있을 것이라고 100퍼센트 확신은 했지만 나는 한시가 급했다. 내 글이 사람들에게 읽히고 내 책이 서점에 진열되어 있는 모습이 꿈에 나올 정도로 마음이 달아올랐다.

그때부터 매일 글을 썼다. 친구들과 술을 마시고 들어와서도 글을 썼고, 시험 기간에도 글을 썼다. 내게 가장 큰 좌절과 고통을 알게 해 준 것도 글이었고, 내게 가장 큰 자유와 행복을 선물한 것도 글쓰기였다. 글의 분량이 어느 정도 채워진 뒤부터는 출판사 100여 곳의 주소와 홈페이지 목록을 일일이 손으로 적었다.

당시에는 홈페이지 내에 투고란이 있는 출판사도 있었지만 메일 주소만 있거나 아예 투고 자체가 불가능한 곳도 있었다. 나는 출판기획서를 작성해 메일을 보내거나 직접 출력한 원고를 우편으로 발송했다. 투고를 하고 나면 반드시 회사에 직접 전화를 걸었다.

"안녕하세요, 저는 방금 그곳에 투고한 김애리라고 합니다. 혹시 원고를 못 받으셨다면 제게 회신을 주시겠어요? 출력원고를 원하시면 우편으로 보내 드릴 수도 있습니다."

물론 연락을 준 출판사는 없었다. 누가 들어도 앳된 목소리의 학생이었고, 바쁜 사무실로 전화를 걸어 원고를 보냈다고 해서 그걸 중요하게 여기는 회사는 많지 않았다. 나이도 어리고 출간 경력도 없는 데다 콘셉트도 애매한 원고를 누가 거들떠보겠는가? 그래도 개의치 않았다. 딱 100군데 돌리고 안 되면 다른 원고로 다시 도전해 볼 생각이었기 때문이었다. '난 어차피 언젠간 작가가 될 거니까' 하는 말도 안 되는 자신감과 희망이 있었다. 모든 것을 초월할 만큼 강한 꿈을 가졌기 때문에 가능한 마음가짐이었다. 믿음은 이토록 중요하다. 믿음은 마치 자석처럼 우리를 믿는 방향으로 이끈다. 이것을 끌어당김의 법칙이라고도 하는데, 나도 살면서 믿음의 힘을 여러 차례 체감했다.

한번은 출판편집자로부터 연락을 받은 적이 있다. 당시 중국에 머물고 있으면서 인터넷 전화를 연결해서 사용하고 있었다. 지금처럼 통화 품질이 좋지 않아서 자주 끊기고 잡음도 들렸다. 내게 전화를 걸어 준 것만으로도 감개무량하여 두 손으로 수화기를 떠받들고 있는데, 잡음 가득한 수화기 너머로 편집자가 이렇게 말했다.

"보내 주신 원고 확인을 했는데요, 사실 그 원고로 대한민국에서 책을 내겠다고 하는 출판사는 자비 출판사밖에 없을 거예요."

내가 잠시 할 말을 잃고 심장만 두근대던 찰나, 편집자는 이어서 이야기했다.

"그런데 글 자체는 나쁘지 않았어요. 재능이 있으신 것 같아요. 혹시 다른 원고가 있으면 보내 주시겠어요?"

말이 사람을 죽였다가 살릴 수도 있다는 것을 그때 처음 알았다. 아무것도 아닌 그 한마디가 너무 감사하고 감격스러워 한동안 그 기분에 취해 하루하루를 살았다. 지금도 당시의 나, 그러니까 출간될지 안 될지도 모를 글을 매일같이 쓰고, 원고를 보내고 확인 전화까지 하고, 다시 밤마다 글을 쓰는 나를 떠올리면 가슴이 뛴다. 그 시절의 열정과 간절함은 그 자체로 보상이라는 생각이 든다. 나의 청춘을 쏟은 것이 조금도 아깝거나 아쉽지 않다. 그 마음으로 다른 모든 것을 뜨겁게 대하는 법을 배웠기 때문이다.

그런 우여곡절을 겪으며 스물다섯 살에 첫 번째 책을 출간했다. 내가 다른 사람보다 더 많은 이야기를 심도 있게 할 수 있는 분야를 고민했더니 아무래도 중국문화라는 결론이 나왔다. 당시에 중국이 급부상하고 있기도 했다. 어느 날 내 원고를 확인한 모 출판사 대표님이 직접 전화를 주었다.

"초고를 읽어 봤습니다. 출간을 하고 싶은데 한번 뵐 수 있을까요?"

그때의 떨림과 기쁨을 말해 무엇 하리? 아니 언어로 표현할 수 있기나 할까? 나는 전화를 끊고 방 안이 울릴 만큼 소리를 지르고 막춤을 췄다. 그리고 얼마 후 생애 처음으로 출판계약서에 사인을 하고서 집에 돌아와 또 다른 도전항목을 추가했다. 그건 바로 '10년간 해마다 책을 쓰는 작가가 될 것'이었다.

나 자신과의 약속을 지킨 10년

책을 가장 많이 파는 작가도, 글을 가장 잘 쓰는 작가도 내 의지대로 되는 게 아니다. 오로지 가장 부지런한 작가만이 내 의지대로 가능한 목표일 것이다. 그래서 나는 결심했다. 10년간 해마다 책을 내겠다고. 그리고 2017년은 2008년에 첫 책을 내고 정확히 10년 되는 해, 열 번째 책이 세상에 나온 해다.

나는 첫 아이를 임신한 기간에도, 가장 힘들다는 육아 1년 차에도 책을 썼다. 지난 10년간 출간한 열 권의 책은 그 자체로 나의 성장 과정이라는 생각이 든다. 글 솜씨도, 세상에 대한 경험도 한 권 한 권 더해질 때마다 깊어졌다. 가장 힘들었던 시기는 첫 3년. 그때는 요령도, 경험도 부족했던 탓에 '해마다'라는 목표를 달성하기 위해 구체적으로 어떻게 움직여야 할지 까마득했다.

4년 차, 그러니까 네 번째 책부터 아주 구체적이고 체계적으로 행동하기 시작했다. 연초에 그해 출간할 책과 관련해 나름의 콘셉트와 목차, 자료조사와 수집까지 끝마치고 시간 관리법을 수립하였다. 예를 들어 50꼭지가 들어가는 이번 책을 위해서는 하루에 원고지 몇 장 분량을 작성해야 하는지, 일주일에 완성해야 하는 분량, 매달 끝내야 하는 부분은 어디까지인지 계획표를 아주 구체적으로 짜 놓았다. 계획을 세울 때는 '약간 힘들지만 실현이 불가능할 정도는 아닌 상태'로 설정하는 것이 중요하다. 그러니까 얼마간의 노력을 쏟되, 너무 힘들어 작심삼일 만에 나가떨어지지 않도록. 이 기준은 애매하게 느껴질 수 있지만 주관적이기 때문에 반드시 각자 설정해야만 한다.

해마다 책을 내기 위해서는 단 하루의 시간도 허투루 보내선 안 되었다. 아기가 생긴 후에는 말할 것도 없었다. 매일 스스로를 다잡으며 할당된 분량의 일을 해내지 못하면 계획은 틀어질 수밖에 없다. 겨우 하루 분량일지라도 쓰지 않으면 내일은 전날 분량만큼 해내야 하기에 두 배 더 힘든 싸움이 된다는 걸 잘 알았다. 일주일을 쓰지 않으면 전체 목표에서 5도 정도 각도가 기울어졌다. 다시 각을 잡으려면 전체적으로 모든 영역을 손봐야만 했다. 나중에는 그게 번거로워 그냥 썼다.

매일의 글쓰기가 행복과 만족으로 가득했다고 한다면 거짓말쟁이 사기꾼이고, 그보다는 나의 모든 것을 테스트하는 과정처럼 느껴진 적이 많았다. 나의 인내심, 성실함, 체력과 열정. 그렇게 눈물 나는 노력 끝에 완성한 책이 좋은 결과를 얻지 못하면 한동안 또 호되게 아팠다. 몸도 아프고 마음도 끙끙 앓았다.

그런데 30대 중반, 책을 쓰고 '작가' 소리를 들으며 보낸 10년을 축하하는 나만의 파티를 하며 깨달았다.

'더할 것도 덜할 것도 없는 경험이었구나!'

처음부터 10만 부, 20만 부를 판매하는 베스트셀러 작가가 되었더라면 어린 나이에 많이 자만했을 게 분명하다. 열 권의 책 모두 독자들에게 외면당했더라면 10년간 책을 쓸 힘도 없었을 것이다. 어떤 책은 잘되고 어떤 책은 말 그대로 폭망했다. 어떤 책은 다른 여러 기회를 가져다주기도 하고 어떤 책은 생전 처음 보는 악플을 받기도 했다. 돌아보면 모든 과정이 꿈같다. 우주를 주관하는 신께서 내게 딱 맞는 배움과 가르침을 준 것 같은 경험이었다.

20대와 30대 초반을 바쁘게 달려 열 번째 책을 낸 뒤 나는 인생의 거대한 산 하나를 넘은 기분이었다. 어릴 적 꿈을 이루었다는 만족감과 스스로를 행복하게 만드는 직업을 가졌다는 자부심보다 나 자신과의 약속을 지켰다는 안도감이 더 컸다. 이제 그 힘으로 나는 무엇이든 해낼 수 있을 것이다.

나에게 긍정적 자극을 주었던 사람들

내가 만난 휴먼 라이브러리

나는 만나 보고 싶은 사람이 언제나 많았다. 지금도 많고 앞으로도 많을 게 분명하다. 101 M 프로젝트(여기서 M은 Meeting의 약자다)는 그래서 내겐 생각만으로도 아드레날린이 샘솟는 짜릿함 그 자체였다.

'그래! 사람책을 읽어 보자!'

이런 마음을 품고 101명의 휴먼 라이브러리 리스트를 작성했던 스물여섯 살 무렵의 나는 생각했다. 내가 진정으로 원하는 변화란 외형이 바뀌는 게 아니라는 사실을. 원하는 물건을 손에 넣거나, 직업을 바꾸거나, 사는 집을 옮기는 변화가 아니라 궁극적인 마음의 변화, 즉 내면의 움직임이라는 것을 깨달았다. 그리고 사람책이란, 나에게 깨달음을 선사하는 책과 같은 사람을 부르는 나만의 언어다.

그런 이유로 사람책 읽기 프로젝트를 시작하게 되었다. 일단 누군가를 만나 처음 듣는 이야기에 귀 기울이고 그 안에서 깨달은 교훈의 경우에는 상당히 오랫동안 깊이 각인된다는 것을 알았다. 몇 차례 비슷한 경험을 한 뒤부터는 아예 101명의 사람책 읽기 프로젝트를 진행하기로 마음먹었다. 내면의 변화를 위한 필수 커리큘럼이라고 생각했다.

다음으로, 내가 인생에서 가장 비싼 수업료를 지불한 곳은 바로 인간관계라는 것을 알아차렸다. 그때까지 나는 책을 읽고, 영화를 보는 것처럼 혼자 하는 일에만 심취해 있어서 누군가를 직접 만나 대화를 시작하고, 마음을 열고, 관계를 이어가다가 인연으로 맺어 가는 일에 너무나 서툴렀다. 늘 처음부터 지나칠 만큼 가깝게 다가가거나 지레 겁먹고 저만치 달아나는 식이었다. 완급 조절, 아니 온도와 거리 조절… 모든 것이 어설펐다.

사랑은 사랑으로만 치유된다는 말이 있다. 같은 의미에서 사람을 알려면 사람을 만나는 것밖에는 방법이 없다고 생각했다.

우여곡절 끝에 나는 지금까지 정확히 87명의 '히어로'를 만났다. 처음에는 유명하거나 특별한 경험과 지식을 가진 사람들 위주로 만나려고 했다. 역시나 거절도 많이 당했다. 장기 출장 중이거나 일정이 너무 바빠서 미팅을 할 수 없다는 정중한 답장도 있었지만, 읽고도 무시당하는 경우도 많았다.

내가 프리랜서 기자로 일하게 된 데에는 이러한 거절들이 한몫했다. 무턱대고 "만나 주세요." 하고 들이미는 것보다 인터뷰라는 명분을 앞세워 만남을 요청한다면 거절하지 못할 것이라고 계산한 것이다. 게다가 기자의 신분으로 취재를 하면 원고료도 주어진다. 경력도 쌓고, 나만의 프로젝트도 완성하고, 돈까지 벌 수 있는 일석삼조의 기회였다.

처음 시작한 프리랜서 일은 지금은 사라진 여성 커뮤니티 사이트에서 취재기자 겸 칼럼니스트로 활동한 것이다. 그리고 2011년 여성가족부 프리랜서 기자로 일을 하며 많은 분들을 취재했다. 나는 이미 프리랜서 취재기자로 일한 경력이 있었기에 양질의 콘텐츠를 제공할 자신이 있었다.

그 밖에도 김영사, 언론진흥재단, 아모레퍼시픽 웹진 등 여러 기관, 기업과 함께 단기 계약이나 협업 형태로 일하며 나만의 101 M 프로젝트를 완성해 갔다. 2013년에는 ㈜좋은책신사고에서 잡멘토링 기사를 담당하며 다양한 분야의 사람들을 많이 만날 수 있었다. 요리사, 건축설계사, 심리학자, 동화작가, 외과의사처럼 그동안 궁금했던 직업을 가진 분들을 만나 이야기를 청해 들었고, 이는 모든 직업에 대해 경외감을 품는 결정적 계기가 되기도 했다.

우리들 인생에는 진짜로 마법가루가 흩날리는 순간들이 존재한다. 그게 아니고서는 설명이 불가능한 일들이 너무 많다. 어쩌면 모든 만남과 사랑, 꿈과 여행, 탄생과 죽음도 그렇다. '그냥' 이루어지는 일이란 하나도 없고, 모든 것이 아주 옛날 고래가 땅에 살던 시절부터 각자의 삶에 예견된 퍼즐 조각인 것만 같다. 그걸 기적이라 부르는 사람도 있겠고, 마법 혹은 그저 우연이라 칭하는 사람도 있겠지. 아인슈타인의 말처럼 세상에 기적 따위는 없다고 믿는 사람과 모든 순간이 기적이라고 생각하는 두 종류의 사람이 있겠지만 말이다. 나로 말하자면 그들을 만난 순간은 전부 기적과도 같았다.

평범하지만 특별했던 그들

"이 늙은이를 만나겠다고 와 주니 내가 더 감사하지요."

87인의 히어로 가운데 가장 기억에 남는 분은 단연 황안나 작가다.

"나눌 수 있는 게 있을까 모르겠네요. 그냥 무식한 동네 할머니인데…."

자신을 동네 할머니라고 소개한 분은 전국에서 강연요청이 쇄도하는 스타 강연가이자 작가였다. 조용하고 느린 말투로 시종일관 수줍게 웃으시는 할머니였지만 결코 겉모습만으로 판단해서는 안 될 분이다. 평생 교단에서 학생들을 가르치고 퇴직 후 본격적으로 자신의 인생을 시작했다고 조심스레 말문을 여는 모습과는 달리, 예순여덟 살이셨던 2007년에 100여 일에 걸쳐 동해부터 남해, 서해까지 4,000킬로미터에 이르는 해안선 일주를 혼자서 마쳤다. 같은 해에 스페인 산티아고 순례길도 걸었다. 우리가 만날 당시에는 한참 스마트폰을 배우고 계셨다.

"블로그도 예순다섯 살에 처음 배웠어요. 그때 온라인 게임도 배웠고. 예순여덟 살에는 자전거를 배웠지요. 지금 스마트폰도 어렵지만 언젠간 배우게 되겠죠."

어렵지만 언젠가는 배우게 된다는 말, 그 흔해빠진 말에 나는 가슴이 뛰었다. 그런 삶의 태도야말로 시간을 내편으로 만드는 기술이 아닐까? 좀 느리게 배우면 어때? 설마 죽기 전에는 배우게 되겠지. 좀 어려우면 어때? 어려우니까 결국 해내면 친구들에게 잘난 척도 좀 할 수 있잖아?

예순여섯 살에 인생 첫 책을 출간, 예순아홉 살에는 26시간 동안 100킬로미터를 쉼 없이 걷는 울트라 대회에 참가해 46등으로 완주! 젊은 시절 남편의 사업 실패로 20년 이상 빚에 허덕이며 힘겨운 인생을 살아왔지만, 삶에 대한 낭만과 멋을 끝내 놓지 않으신 분. 내가 가진 노년의 삶에 대한 프레임을 깨뜨리며, '이렇게 즐겁게 살 수도 있구나!'라며 감탄하고 감동하게 만들어 주신 황안나 작가와의 만남은 지금 생각해도 별처럼 반짝이는 축복이었다.

서울구치소 교화위원으로 활동하며 30년간 사형수들을 상담한 양순자 선생님과의 만남도 바로 어제 일처럼 생생하다. 짧은 시간이었지만 손을 붙잡고 "언제든 놀러오세요."라면서 먼저 연락처를 건네주셨다. 손끝에서 그 따뜻한 마음이 고스란히 내게 전해졌다.

동생과 둘이 평창동계올림픽 유치를 홍보하기 위해 쇼트트랙 복장을 하고 세계여행을 한 형제, 쉰세 살의 나이에 의사에서 사진작가로 데뷔한 교수, 지방대학에 다니며 학점, 영어, 취업을 모두 포기하고 희망 없는 하루하루를 보냈으나 이전과는 달라지기로 결심하고 공모전 60관왕을 수상하며 대통령 인재상까지 거머쥔 열혈청춘도 만났다. 그 밖에도 31년간 헬기조종사로 살아오신 분, 물질적 집착을 완전히 벗어던지고 길 위에서 철학하는 구도자, 4개 국어를 능수능란하게 하는 외국어 달인, 안정된 대기업을 퇴사하고 서른다섯 살에 요리를 배우기 위해 유학을 떠난 분이나 인형처럼 예쁘고 세련된, 잘나가는 쇼핑호스트도 만났다.

그럴듯한 명함과 직함을 가진 분들만 만난 것은 물론 아니다. 세상이 말하는 성공의 기준에는 한참 못 미치고, 무엇도 이루지 못한 채 조용히 살아가는 소시민이라도 자신만의 삶에 최선을 다하는 '평범하지만 특별한' 주인공들도 많았다.

작은 카페를 운영하며 도시재생활동가로 일하는 사람도 있었고, 직장인으로 살면서 주말마다 재능기부 캘리그라피 수업을 진행하는 사람도 있었다. 사랑에 실패하고 상처만 받았지만 여전히 데일 것 같은 사랑의 열정을 간직한 사람도 만났고, 인생의 절정기에 암을 만나고 회복된 뒤 그동안 하고 싶었던 모든 것에 도전하는 40대 여자분도 만났다.

모든 만남이 배움이자 축복이었다. 모두 내가 필요한 그 순간, 그 장소에서, 운명처럼 이루어졌으니까. 타인은 나를 비추는 거울이라고 했다. 나는 그들을 만나 귀 기울이며 거울에 비친 나 자신을 더 깊이 들여다볼 수 있었다. 그래서 지금까지 만난 모든 이들은 내게 큰 스승이다.

성공해도 저렇게 살면 안 된다는 걸 보여 준 스승도 있었고, 실패해도 저건 곧 성공임을 알게 해 준 스승도 있었다. 한없이 스스로를 낮춰 주변 사람들을 빛내는 스승도 있었고, 저 홀로 구름 위로 솟아 아무것도 보지 못하는 분도 내게는 스승이었다.

앞으로는 또 어떤 스승을 만나게 될까? 돌아보면 이 생에서 만난 모든 인연은 다 나의 스승이었다.

제2장

나의 시작은 너의 성공보다 눈부시다

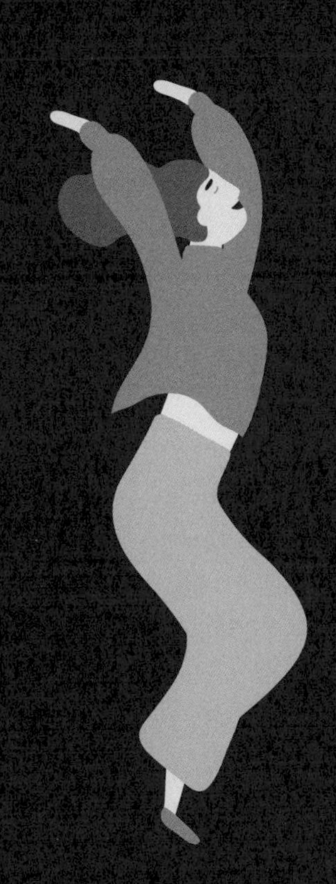

"지도만 보면 뭘 해. 남이 만들어 놓은 지도에 네가 가고 싶은 곳이 있을 것 같니?"
"그럼 내가 가고 싶은 곳은 어디 나와 있는데?"
"넌 너만의 지도를 만들어야지."

_ 루이스 캐롤, 《이상한 나라의 앨리스》

나라면, 나니까, 나이기 때문에

모든 것의 시작은 나를 긍정하기

누구에게나 그런 비슷한 순간이 있을 것이다. 입으로만 바뀌고 싶다고 말하는 것이 아니라 아주 간절하게 변화를 갈망하는 순간. 자신도 모르게 책상에 앉아 구체적인 실천 계획을 써 내려가고, 밤낮으로 거기에만 몰두하는 그런 순간 말이다.

그런 순간은 대개 "모든 게 완벽해!"라며 콧노래를 부르는 때가 아닌, 삶의 의미를 잃어버렸거나 지도를 갖지 못해 애초에 어디로 가야 할지 방황하는 시기이기도 하다. 《지금 이 순간을 살아라》의 저자 에크하르트 톨레는 '그 순간'에 대해 이렇게 말했다.

> 오직 인생에서 진정으로 충분히 고통을 겪었을 때에만 "나는 이제 더 이상 고통이 필요 없어."라고 말할 수 있게 됩니다. 그 시점이 다가왔을 때 어떤 사람들은 "나는 충분히 고통을 겪었어."라고 깨닫게 됩니다. 그때는 "삶을 사는 다른 길이 있습니다."라는 말에 귀를 기울일 준비가 된 시점에 도달한 것이지요. 더 이상 스스로 고통을 만들어 내지 않는 새로운 삶의 길이 있습니다.

"새로운 삶의 길"이라… 한 번도 생각해 보지 않은 문장이었다. 우리 할머니가 그랬고 엄마가 그랬듯이 나도 가난과 꿈의 부재 속에서 살다 가는 것이 운명이라고 생각해 왔기 때문이다.

돌아보면 '인생을 리셋해야겠어.'라고 결심한 모든 순간들은 내가 불안하고 불행했을 때다. 톨레의 말처럼 고통의 끝에 다다른 시점이었던 것 같다. 하지만 불행에도 나름의 장점은 있다. 아니, 많은 영적 스승과 인생 멘토들의 메시지를 종합하자면 불행에는 커다란 신의 섭리가 있고, 더 높은 차원의 인생 계획도 있다. 하지만 뭐니 뭐니 해도 가장 큰 장점은 틀을 다시 짤 수 있도록 모든 것을 흐트러뜨린다는 데 있다.

틀을 다시 짜려면 물론 가장 먼저 틀을 깨뜨려야 한다. 틀을 깨뜨린다는 것이 뭘까? 세상을 살아가는 방식을 다시 짜는 것이다. 결코 쉬운 일이 아니다. 파란 세상을 보고 싶다면 노란색으로 세팅된 렌즈 자체를 바꿔야 하니까. 그래서 세상을 보는 프레임을 바꾸는 것은 때론 세상 전체를 바꾸는 것보다 어렵기도 하다. 하지만 반드시 필요한 일이다. 세상에는 그런 일이란 게 있기 마련이다. 어려워서 피하고 싶지만 어떤 일을 시작할 때 반드시 거쳐야만 하는 일. 반드시 해야만 하는 일. 따라서 '나 같은 사람이 어떻게'에서 '나라면, 나니까, 나이기 때문에'라는 패러다임의 전환은 중요한 만큼 어려운 일이다.

자기애를 확인할 수 있는 몇 가지 방법

마야 안젤루의 말이 맞다. 나를 사랑하기 시작하면 그냥 나라는 존재 자체로 충분하다는 생각이 든다. 다른 사람의 눈에 어떻게 보이든 그런 건 아무 상관없다. 다른 누구에게 무언가를 증명하려 애쓰는 일을 그만두면 된다. 세상에서 가장 중요한 건 100명의 인맥이 아니라 '나 자신'과의 관계니까. 내가 나를 대하는 방식이 곧 타인을 대하는 방식이 되고, 이는 결국 타인이 나를 대하는 방식이 된다는 사실도 깨달았다.

그런데 말이 쉽지 '나를 사랑하기', '나답게 살기' 따위의 추상적인 개념을 실제 현실로 끄집어내기란 쉬운 일이 아니다. 누군가는 이전의 나처럼 이렇게 물을지도 모른다.

"근데 지금 나를 사랑하고 있고, 나답게 살고 있다는 걸 어떻게 알아요?"

그것을 어떻게 눈으로 확인할 수 있느냐는 뜻이다. 내 경험상 그게 제대로 잘 굴러가고 있다는 증거는 아래와 같다.

❶ 예전에는 두려웠던 일들을 현재 하고 있다.

한때는 간절히 원했지만 변명과 핑계로 미루던 일들 가운데 일부를 현재 진행하고 있다. 이것은 부정적인 것에 집중하기보다 자신의 잠재력과 꿈을 믿기 시작했다는 뜻이다.

❷ 나를 즐겁게 만드는 일을 아주 조금일지라도 매일 반복한다.

자신을 행복하게 만들고, 자신이 사랑하는 일들을 조금씩 반복하고 있다면 가장 확실한 증거다. 그 일은 식물에 물을 주는 행위와 같다. 물을 머금은 식물은 싱싱하고 향기롭게 자라나기 시작할 것이다.

❸ 제대로 거절할 수 있다.

남에게 질질 끌려다니지 않는다. 마음 내키지 않는 일을 제대로 거절하며 자신을 표현한다. 말하고 싶은 것을 말하고, 하기 싫은 것은 하지 않고, 요구할 것은 당당히 요구한다.

❹ 하루의 시작과 마무리를 경건하게 맞이한다.

하루의 시작과 마무리를 통해 일상에 아름다운 질서를 불어넣는다. 이 한 가지만 봐도 그 사람의 인생이 보인다. 대충 살고 있는지 마음을 다해 뜨겁게 살고 있는지.

❺ 자신에 대한 평가를 집어치운다.

내면의 심사위원을 해고했다면 칭찬 받아 마땅하다. 그 심사위원은 분명 〈아메리칸 아이돌〉의 사이먼 코웰보다 백배는 지독한 독설가였을 것이다. 나는 나를 평가할 사람이 아니라 존중해야 할 사람이다. 어떤 일에든 레드카펫을 깔아 줘야 할 유일한 사람이다.

❻ 다른 사람에 대한 평가도 집어치운다.

나는 나대로 사는 것이고 너는 또 네 식대로 사는 삶임을 인정할 때 비로소 평가에서 자유로울 수 있다. 내가 행복한 방식이 남에겐 지루한 일일 수 있고, 반대로 남이 좋아하는 일이 내겐 돈 줘도 하지 않을 일임을 자연스럽게 인정한다.

❼ 문제를 문제로 받아들인다.

우울, 무기력, 심지어 해묵은 고통과 상처마저 받아들인다. 나의 경우, 고통 받아선 안 되며 늘 에너지 넘치고 긍정적이어야 한다는 이상한 고집이 고통을 더욱 부채질했다. 하지만 심리학자 스캇 펙의 말이 맞다. 정당한 괴로움을 피하려는 모든 시도는 결국 심리적 병의 원인이 된다. 문제는 피한다고 사라지는 게 아니다. 문제를 문제로 인정하기 시작할 때 그것을 해결할 힘이 주어진다.

한동안 헨리 데이비드 소로의 글을 읽을 때마다 눈물지었다. 그는 말한다. 당신은 언제나 옳다고. 어떤 모습일지라도 똑같이 소중하다고. 그 역시 주어진 당신의 몫. 당신의 삶이니까.

당신이 공중에 성을 지어 놓았다 할지라도, 당신의 작업이 헛되다고 생각할 필요는 없다. 거기가 그것이 있어야 할 장소다. 이제 그 밑에 기반을 세워라.

그냥 자신을 믿고 사랑하며 걸으면 된다. 이 길이 맞는지, 혹시 GPS가 고장난 건 아닌지 비틀대며 의심하고 울부짖을지라도 걷기를 멈추지 않으면 된다. 길 끝에서 길이 막혀 버렸다면 그것도 삶이다. 내 앞에 주어진 나의 삶이다. 사랑하고 사랑받기에 충분하다. 모든 걸림돌은 결국 디딤돌이 된다. 이제 다시 몸을 일으켜 세워 거기서부터 시작하면 된다.

머리보다 몸을 써야 하는 이유

꿈은 몸으로 이루는 것

'아는 것'과 '하는 것' 사이에는 많은 시간과 상념이 자리한다. 사람마다 다르지만 어떤 사람들은 그 사이를 건너는 데 평생이 걸린다. 내가 존경하는 교수님 한 분이 이런 말을 들려주셨다.

> 아는 건 별로 중요하지 않아. 알기만 하고 실행하지 않으면 죄책감만 더 해지니까 차라리 모르는 것만 못하지. 항상 관건은 얼마나 세게 몸으로 부딪쳐 봤냐는 거야.

교수님 말씀에 따르면 살짝 부딪치는 것도 큰 의미가 없단다. 지레 겁먹고 몸 사릴 바에는 안 하겠다고 딱 접고 마음 편히 사는 게 더 좋은 것이란다. 그때는 그 말을 듣고 웃어 넘겼는데, 좋은 말이 항상 그렇듯 나이를 먹고 비슷한 상황을 겪을 때마다 기억 어딘가에서 툭 하고 튀어나온다.

꿈은 머리보다 몸으로 이루는 것이란 사실은 시간이 지날수록 의심 없이 받아들여지는 진리다. 꿈을 이루는 방법 중에 아직까지 그보다 더 중요한 사실은 발견하지 못했다. 당장 자리를 박차고 일어나 문방구에 가서 '꿈 노트' 한 권이라도 사오는 실행력을 발휘하라는 말이다. 그게 아니면 새로운 각오를 위해 미용실에 가서 머리스타일이라도 바꾸던가. 그런데 그 사실을 이해하고 실행하는 사람은 그리 많지 않다.

일단 대부분의 사람들은 머릿속 계산기를 두드리며 꽤 오랜 시간을 보낸다. 뒤늦게나마 계산기 치우고 운동화 끈 조여 매는 사람은 그나마 낫다. 그냥 두드리고, 두드리고 또 두드리다가 수지타산에 맞지 않는다며 시작도 하지 않고 집어치우는 경우가 허다하다. 내 주변에도 이런 사람이 한 트럭은 된다.

꿈 때문에 하는 삽질

꿈 때문에 하는 삽질이라면 진짜 해볼 만하지 않을까? 아주 작은 목표라도(이를테면 여행 블로그를 만들어 구독자수를 1,000명 만들기) 그걸 이루는 과정은 트렌디한 정장 입고 하이힐 신은 우아한 모습일 수 없다. 그보다는 아무렇게나 묶은 포니테일에 가장 오래, 잘 달릴 수 있는 러닝화를 신은 모습에 가까울 것이다. 왜? 크고 작은 모든 꿈은 온몸으로 이루는 거니까. 책상 앞에 앉아 머리 굴린다고 해서 세상과의 연결고리가 생기지 않는다. 꿈을 이루는 온 과정에서 머리 쓰는 시간은 운동으로 따지면 스트레칭 정도에 불과하다. 본격적인 경기에 앞서 몸과 마음을 준비하는 시간쯤일 뿐이다. 나머지는 걷거나 뛰거나 필요하다면 구르고 물에 빠지는 일을 반복해야 한다.

남들 눈에는 별것 아니게 보이는 내 꿈들 중에도 단박에 이루어진 건 하나도 없다. 예를 들어 신혼 초, 작은 요리 책 한 권에 나오는 레시피를 전부 따라 해보겠다는 소소한 꿈도 현미경을 들이대 보면 아주 가관이었다. 매일 저녁 마트에 들러 장을 보고, 밀가루를 숱하게 뒤집어쓰고 냄비도 몇 차례 태우는 난리

끝에 마침표를 찍게 된 꿈이다. '요리책에 나온 모든 요리에 도전해 보기'라는 한 줄을 지우는 과정 뒤에는, 나의 수많은 삽질에도 불구하고 모든 음식을 웃으며 먹어 준 남편의 엄청난 노고도 있었다. 이런 꿈도 그러할진대, 습관을 고치거나 직업과 직장을 바꾸기 위한 꿈들은 어떨까? 온몸으로 달릴 각오 없이는 시작도 하지 말아야 한다.

크든 작든 목표를 이루는 과정에서 우리가 중도포기하게 되는 이유는, 지금 하고 있는 노력이 말 그대로 정말 삽질(좀 더 순화된 단어를 선택하지 못해서 죄송합니다) 같이 느껴지기 때문이다. 그런데 세상의 무수한 삽질 가운데 내 꿈을 위한 삽질, 그것은 진짜 해볼 만한 일이 아닌가? 적어도 팔 근육이라도 단단해지니까. 단련된 근육으로 다음 꿈 또는 다른 꿈에도 열심히 도전해 보면 되니까.

그러니까 내 말은, 사실 어떤 경우에든 완벽한 삽질 같은 건 없다. 허공에 해 대는 삽질일지라도 몸과 마음의 잔근육을 길러준다. 그래서 성공한 사람들의 삶을 자세히 들여다보면 대부분 생의 어느 한순간 만큼은 삽질의 대가들이었음을 알게 된다. 남들에게 인정 못 받는 삽질도 있고, 파고 또 파도 기약 없이 파내야만 하는 삽질도 있다. 결국 얼마나 많은 삽으로, 얼마나 많은 땅을 파 봤느냐가 중요하다. 우리가 보는 건 그들의 마지막 삽질에서 딸려 나온 보석이지만, 그 보석이 얼마나 땅 속 깊숙이 박혀 있었는지를 생각해 보자.

당장 실행하게 만드는 네 가지 법칙

❶ 72시간 법칙을 이용하기

꿈이나 목표가 생겼다면 72시간 내에 그와 관련된 첫발을 떼는 법칙이다. 퇴근 후 쇼핑몰로 투잡을 시작해 보고 싶다면? 머리는 그만 굴리고 실제로 몸을 움직여 보는 것이다. 도메인을 구입해 놓는다거나, 위탁판매 매입처를 알아본다거나, 하다못해 친구의 팔촌까지 뒤져서라도 쇼핑몰을 운영해 본 경험자에게 조언을 위한 만남을 요청하는 등 72시간 안에 첫 삽을 뜬다.

❷ 목표일지를 작성하기

내가 자주 쓰는 방법인데 어떤 목표(특히 이전에 경험해 본 적 없어서 두렵고 막막하기까지 한 목표)가 생겼다면 노트 하나를 마련해 도전 주제에 관한 모든 것을 기록한다. 손으로 적는 일지가 부담스러우면 블로그나 다른 SNS에 카테고리를 하나 만들어 시작하면 된다. 하나의 목표를 이루는 과정을 처음부터 끝까지 상세하게 기록하는 것은 그 자체로 굉장히 고무적인 경험이다.

❸ '빼박 법칙'을 활용하기

빼박 법칙은 내가 만든 용어인데, 일명 빼도 박도 못하게 만드는 법칙, 책임감 전략이다. 열심히 달려야 할 목표가 생겼다면? 그런데 의지력이 없어 한 달 만에 포기할 가능성이 보인다면? 일단 주변 지인이나 SNS를 통해 많은 사람들에게 그 사실을 알린다. 다른 사람들을 내 꿈 실행 계획 안에 끌어들이는 것이다. 내 목표를 지켜보는 사람들이 많다는 것을 알면 그만두고 싶은 생각이 목구멍까지 치밀어도 '한 번만 더', '하루만 더'를 외치게 된다.

❹ 만트라를 만들고 열 번 반복하기

우리가 입 밖에 내뱉는 말들은 전부 '예언'이라는 생각을 한 적이 있는가? 대화에는 두 종류가 있다. 다른 사람과 하는 말, 나 자신과 하는 말. 다른 사람과 하는 대화만큼 평소 나 자신에게 하는 말도 중요하다. 왜냐하면 '말'이란 실제로 에너지와 형태를 지닌 파동이기 때문이다. 그래서 무심히 뱉은 말이라도 모든 말은 각자 인생을 이끄는 안내자가 된다. 만트라(Mantra)는 원하는 삶을 염

원할 때 쓰는 특정한 문장 혹은 단어의 반복이다. 내가 내 미래를 내 입으로 말하는 셈이다. 부정적인 에너지를 물리치게 해 줄 나만의 '마법의 주문'을 만들어라. 마음이 헝클어질 때마다 반복하면서 내가 원하는 곳을 향해 나아가라.

'열심히'에 대한 7가지 오해

열심히= 몸부림?

내 주변 사람들 가운데 "대충 아무렇게나 살았는데 어느 날 꿈이 이루어져 있었어요."라고 말한 사람은 단 한 명도 없었다. 결국 원하는 것을 가진 사람들의 이야기를 종합해 보면 웃음기 싹 가신 다큐멘터리가 따로 없다.

어떤 부분은 진지하고, 어떤 부분은 진부하다(진부하다고 생각한 이유는 '꿈을 종이에 적고, 매일 목표를 세분화하여 실천하고, 퇴근 후에도 세 시간 이상 거기에 몰두했다.' 등등 교과서적인 원칙 위주의 답이 줄줄 나오기 때문이다). 어떤 대목은 눈물겹고, 어떤 대목은 소름 돋는다(소름 돋는다는 의미는, 정말 저렇게까지 해야 하나 싶을 정도로 인간미 떨어진다는 뜻이다).

그렇다고 우리 모두 꿈만 바라보며 그렇게 살아야 한다는 것은 아니다. 그들이 그 길을 택해서 성공한 것은 그게 그들의 방식이기 때문이다. 내가 그대로 따라 한다고 똑같은 성과가 나온다는 보장은 없다. 어설프게 열심히 했다가는 노력의 역효과라는 어마무시한 놈을 만날 수도 있다.

열심히 살아야 하는 것은 명확하지만 나는 일단 '열심히'에 대한 오해를 풀고자 한다. 내가 이 책의 전반에 걸쳐 말하고 있는 열심의 의미는 이를 악물고 목표만 향해 돌진하는 코뿔소가 되자는 게 아니다. 비참하고 불행한데도 참고 견디며 미래를 위해 오늘을 소진하는 열심이 아니다. 꿈을 위해 노력해 보자는 말이 곧 하기 싫은 일을 다 참아 내는 바보가 되거나 감정의 싹을 몽땅 자르고 성공만 생각하는 기계가 되자는 말은 더더욱 아니다.

진정한
열심의 의미

❶ 열심히 산다는 건 매일 새벽 5시 기상은 아니다.

누구나 자신만의 루틴과 원칙이 있다. 새벽 5시 '미라클모닝'을 한다고 전부 꿈을 이룰 수 있는 것은 아니다. 꿈을 위해서 그 시간을 이용할 수밖에 없는 사람들이라면(직장인, 아기엄마, 취준생 등) 도전해 볼 수도 있지만 모두가 새벽 기상을 할 수는 없다. 나처럼 어설프게 따라 했다가 온종일 골골거릴 수도 있음을 명심하길 바란다.

간혹 하루를 일찍 시작했다는 이유만으로 '나는 열심히 사는 사람'이라고 착각하는 경우가 있다. 그 시간에 일어났다는 사실이 중요한 게 아니라 깨어 있는 시간을 얼마나 잘 쓰느냐가 중요하다.

❷ 마찬가지로 하루에 네 시간만 자라는 의미도 아니다.

몸을 혹사시키는 것이 '열심히'의 기본 전제라면 열심히 살 필요가 없다. 결국 탈진해서 꿈도 열정도, 몸도 마음도 다 잃게 될 테니까. 열심히 살되 현명하게 열심히 사는 게 중요하다.

❸ 불안해서 열심인지, 행복해서 열심인지 따져 보자.

나는 이 차이를 뒤늦게야 깨달았다. 내가 그 일에 매달리는 이유보다도 그냥 그 일에 매달리고 있다는 행위 자체가 중요하다고 착각했다. 한동안 매섭게 나를 몰아세우며 채찍질할 수 있었던 것은 꿈을 이루는 여정에 서 있다는 행복 때문이 아니라 열심히 매달리지 않으면 실패할 것이라는 불안과 집착 때문이었다. 부정적인 감정 위에 지은 집은 튼튼하지 못하다. 작은 비바람에도 쉽게 무너진다.

❹ 열심히 사는 게 꽝 없는 복권은 아니다.

열심히 해도 안 될 수 있다. 인생의 모든 공식에는 답이 없다. 다만 우리는 선택할 뿐이다. 대충 그럭저럭 살아갈 것인가, 원하는 나를 얻을 때까지 노력해 볼 것인가? 그때그때 삶의 태도를 선택하며 한 걸음씩 나아가는 것이다. '100퍼센트 효과 보장'이라는 말은 요즘 돌팔이 약장수도 안 한다.

❺ '열심히'는 희망 고문이라고?

현실은 진흙탕인데 '열심히'라는 구호는 그저 희망 고문 아니냐고? 그럼 아주 상식적인 선에서 기본부터 생각해 보자. 진흙탕을 벗어나기 위해서는 뭘 해야 할까? 발버둥이라도 치고 벗어나려

시도해 봐야 하는 걸까? 아니면 '여기는 진흙탕'이라는 생각으로 한평생을 살아야 하는 걸까?

❻ 모든 노력은 외적 목표를 위한 것이냐고?

매출 200억 회사를 이끌며 거창한 목표를 세워 열심히 사는 사람도 있겠지만 퇴사 후 작은 꽃가게를 운영하고 싶다는 꿈을 실현하기 위해 열심히 사는 사람도 있다. 어떤 꿈인지보다 그게 바로 내 꿈이라는 사실이 중요하다.

외적 목표만을 위한 '열심히'도 사실은 큰 오해다. 지금 돌아보면 내가 가장 공들인 부분은 나의 즐거움을 위한 영역이었다. 나는 여행도 열심히 다녔고, 사업도 열심히 했다. 너무 즐거웠으니까. 남편과 연애도 진짜 열심히 오래 했고, 일기쓰기나 요가, 명상 같은 취미생활에도 열심이었다. 이력서에 넣을 경력만을 위해 열심히 산다면 너무 삭막하지 않을까? 내 행복과 기쁨을 위해서도 성실해진다면, 삶이 우리에게 조금 더 관대해진다.

❼ 평균의 법칙에 얽매이지 마라.

4당5락. 대한민국 사람이라면 누구나 들어 봤을 말이다. 네 시간 자면 붙고 다섯 시간 자면 떨어진다는 잔인한 전설의 숫자. 우리는 가끔 지나치게 통계에 얽매인다. 예를 들어 직장인 평균 연봉이 4천만 원이라는 기사를 보면서 거기에 못 미치는 나는 열심히 살지 않은, 아니 열심히 살아 봐야 소용없는 인간이 된 것처럼 느낀다. '직장인 10명 중 4명은 퇴근 후 투잡'이라는 기사 앞에서는 고개를 떨군다. 그래서 내가 아직도 내 집 마련을 못하고 있다는 식의 이상한 논리를 떠올린다. 우리는 모두 각자의 평균이 있다. 통계에서 자유롭지 못하면 나만의 인생을 사는 데 상당한 어려움이 따른다. 남들의 열심에 나를 끌어들일 필요는 없고, 마찬가지로 내 열심을 남들에게 보여 주려 하거나 강요할 필요도 없다. 각자의 길 위에서 각자 가장 옳은 방식대로 사는 게 중요할 뿐이다.

소설가 김연수는 《청춘의 독서》에서 자신의 인생이 반짝반짝 빛났던 순간은 사회적 성공이나 대중의 주목과는 아무런 관계가 없었다고 말한다. 오히려 그 순간은 한 치 앞도 내다볼 수 없을 정도로 캄캄한 어둠 속에 있는 것 같았다고. 그렇다면 그가 생각하는 스스로가 빛나던 순간은 언제였을까? 그건 바로 더 이상 소설을 못 쓸 것 같은 상황에도 불구하고 몇 글자를 더 썼을 때였다고 한다. 그 순간 그는 자신이 조금은 반짝거린다고 생각한 것이다.

우리가 빛나는 순간도 크게 다르지 않을 것이다. 지금 돌아봤을 때 나 스스로가 반짝거린다고 느꼈던 순간도 비슷하다. 정말 가기 싫은 요가 수업을 위해 나를 다독이며 몸을 일으켰을 때나 연초에 읽기로 계획했던 도서 리스트를 연말에 전부 지워 냈을 때 나는 스스로가 반짝거린다고 느꼈다. 말하자면 "난 조금 더 힘을 냈어요!"를 증명해 낸 순간들.

열심히 산다는 건 그런 거다. 친구들과의 술자리도 너무 그립지만, 나 자신과 약속한 아침수영을 위해 참아 낼 수 있는 마음이다. 오늘 하루 영어단어를 외우지 않는다고 세상이 무너질 리 없지만 하루를 참아 내면 3일은 하기 싫은 마음을 설득할 수 있는 의지다. 내게 열심히 산다는 건 늘 그런 의미였다.

헤르만 헤세의 《데미안》에 다음과 같은 구절이 있다.

> 큰일에는 진지하게 대하지만 작은 일에는 손을 빼 버리며 소홀해도 된다고 생각하는 것에서 한 사람의 몰락이 시작된다. 모든 인간은 존경받아야 마땅하다고 말하면서도 자기 집의 하인을 업신여긴다거나 조국, 종교, 사회를 신성한 것으로 여기면서도 일상의 평범한 일을 소홀히 다룬다면 인생의 붕괴는 시작된다.

열심히 살았다고 생각하지만 인생이 늘 그대로였다면, 아니, 아무것도 달라지지 않고 오히려 더 나빠진다는 생각만 든다면 그 순간이야말로 진정한 열심의 의미에 대해 고민해야 할 때다.

두려운 일,
그래서 도전하고 싶은 바로 그 일

처음으로 사람들 앞에 서서 내 이야기를 하던 순간, 첫 강연의 모든 기억이 아직도 생생하다. 당시를 떠올리면 창피를 넘어, 수치로 온몸의 세포가 고개를 숙이는 것만 같다. 지니의 램프를 손에 넣게 되면 세 가지 소원 중 하나를 '그 순간 함께한 사람들의 기억 속에서 나를 지우는 일'로 정할까 고민할 만큼 미숙한 강연이었다. 그렇다고 청중의 숫자가 100명, 아니 50명쯤 되었느냐 하면 그것도 아니다. 겨우 열 명 남짓한 사람들 앞에서 이야기를 하는

데도 나는 얼어붙었다. 터질 듯한 심장소리가 귀에 들린다는 표현이 전혀 과장이 아니란 것도 그때 알았다. 흔쾌히 강연을 하겠다고 목소리를 높였던 나를 용서할 수가 없었다. 쥐구멍에 숨고 싶은 마음을 넘어서 그냥 미세먼지처럼 공중에서 사라지고 싶은 심정, 나는 그만큼 사람들 앞에 서는 게 힘겨운 사람이었다.

여행 동아리를 운영하며 여행작가로 활동하는 지인에게서 어느 날 연락이 왔다. 그와의 인연 역시 책이라는 매개로 연결된 것이었다. 여행, 청춘, 책, 말하자면 여행을 좋아하고 책을 낸 경험을 가진 청춘. 공통의 키워드로 순식간에 20명가량의 인원이 온라인상에서 모였고 쿵짝이 잘 맞을 수밖에 없는 우리는 곧 '드림 커뮤니티'로 똘똘 뭉쳤다. 작은 카페에 모여 늦도록 맥주를 마시며 여행 이야기, 책과 사람 이야기를 풀어내었다. 그러고 있노라면 '아, 세상에 공통 관심사가 이렇게 딱 맞는 사람들도 있구나.' 생각이 들었다. 첫 책을 낸 2008년 무렵은 이들과의 만남으로 위로를 얻었던 따뜻한 시간이었다.

내가 출간한 첫 번째 책은 중국문화에 관한 에세이였다. 나는 카메라 하나 짊어지고 중국 여러 도시들을 직접 돌아다니며 현지 상황을 조사하고 사진 기록을 남겨 책에 실었다. 그런데 20대 초반의 여자가 중국문화 에세이를 낸 '특이한 경험'을 높이 평가한 우리 동아리 리더가 어느 날 내게 소규모 강연을 요청한 것이다.

"그냥 가볍게 애리 씨의 지난 경험을 들려주면 돼요."

그때까지 일면식도 없는 누군가의 앞에서 시 암송도 아니고 책 낭독도 아닌, 온전히 나만의 콘텐츠를 풀어내라니…. 그런 경험이 전무한 나로서는 마냥 색다른 즐거움을 줄 것만 같았다. 몇 명이나 참석하느냐고 묻자 열 명 정도 참석하는 소규모 강연이란다. 오케이. 돈 주고도 할 수 없는 공부인데 거절할 이유가 없지. 나는 기꺼이 강연을 하겠다고 대답했다. 바로 2009년 2월 12일의 일이다(날짜도 안 잊어버린다).

그렇게 강연이란 것을 했다. 특별한 준비도 하지 않고 지인들과 수다를 떤다는 느낌으로 강연을 시작했다. 그런데 강연은 그냥 내 이야기를 풀어내는 가벼운 일이 아니었다. 열 명이든 천 명이든 청중의 숫자는 하나도 중요하지 않았다. 두 시간을 온전히 내가 채운다는 사실만이 중요했다.

처음 20분은 이런 저런 이야기를 하며 흘러갔지만 나머지 시간은 말 그대로 곤욕이었다. 5분이 다섯 시간처럼 느껴졌다. 내가 생각해도 앞뒤가 맞지 않고, 주제에도 한참 벗어나는 신변잡

기식 B급 토크가 이어졌다. 그래도 나라는 사람의 이야기에 귀 기울이기 위해 먼 걸음을 한 분들에게 죄송스러워 나는 뒷풀이 자리에서도 고개를 들 수 없었다. 그때 나는 세 가지를 깨달았다. 아주 아프게 깨달았다.

❶ 나는 부족하다.

강연 경험이 부족한 내가 준비 없이 나타난 것 자체가 문제였다. 이후 생각했다. 한 시간 강연에는 열 시간을 투자하자. 강연 원고는 최소 30번을 읽고 무대에 서자.

❷ 경험을 뛰어넘는 공부는 없다.

'앞으로 강연 100번 하기'를 도전 목록에 추가하였다. 향후 몇 년간 나는 스파르타식 스피치 학원에 등록했다고 생각하기로 했다.

❸ 비교는 절대 금물이다.

전문 강사와 초보 햇병아리인 나를 비교하는 것은 최악 중 최악임을 알았다. 더불어 비교는 나 자신과 내 인생을 최고의 피해자로 만든다는 걸 깨달았다.

이후 내게 들어온 모든 강연 요청을 수락했다. 외국에 나가 있거나 심한 감기몸살에 걸린 경우를 제외하고는 전부 감사한 마음으로 강연무대에 섰다. 처음 몇 년 동안은 무료강연도 많았다. 차비만 받고 전라남도까지 내려간 적도 있고, 오히려 내 책을 직접 선물로 준비해서 재정적으로는 마이너스인 강연도 있었다. 지금도 기억에 남는 몇 개의 강연이 있다. 비가 억수같이 쏟아지던 날이었다. 강연 장소에 도착해 청중의 숫자가 단 세 명인 것을 확인했다. 무료 강연이었지만 시간이 지나도 더 이상 청중이 오지 않았다. 또 다른 강연에서는 청중 가운데 한 분이 질의응답 시간에 내게 이렇게 말했다.

"사실 강연시간 내내 졸았는데요. 아무도 질문을 안 하시는 것 같아서 제가 대표로 질문 하나 드릴게요."

그 순간 내 얼굴은 빨간 페인트를 뒤집어쓴 것처럼 붉어졌다. 청중이 세 명인 순간보다 더 복잡한 심정이었다. 100번 강연이고 뭐고 다시는 사람들 앞에 나서지 않겠다는 굳은 결심을 하면서 강연을 마친 기억이 난다.

그 후로도 많은 시행착오와 자괴감 사이를 왔다 갔다 했다. 연습을 했음에도 부족하고 어설픈 강연들이 한동안 줄을 이었다. 어떤 날은 다시는 강연 같은 것 안 한다, 아니 못한다고 혼자 우울해하다가도, 어떤 날은 그래도 이 정도면 많이 성장했다 느껴져 스스로를 대견해하기도 했다. 그런데 강연이 스무 차례를 넘기자 놀랍고도 재미있는 일들이 벌어졌다. 어느 순간 사람들을 만나러 가는 일이 긴장보다는 설렘으로 다가온 것이다. 내가 그토록 무시무시하게 느꼈던 사람들의 평가는 사실 내가 스스로에게 내리는 잔혹한 평가라는 걸 깨닫자 모든 것이 달라 보였다.

그동안 '어디 얼마나 완벽하게 잘하나 두고 보자'며 잔뜩 날을 세운 시선으로 나 자신을 지켜보다가 조금이라도 마음에 차지 않으면 매몰차게 비난해 왔던 것이다. 그러니 강연을 즐기거나 감사한 마음으로 여유를 부릴 수 없었다. 그 마음을 내려놓는 연습을 하자 놀랍게도 사람들의 평가가 눈에 들어왔다.

"좋은 강연이었어요. 두 시간 내내 메모하며 들었어요."
"작가님 만나러 대구에서 첫 차 타고 올라왔어요."
"다음 강연도 꼭 신청할게요. 자주 강연해 주세요."

그토록 두려워하던 일을 포기하지 않고 지속하자 꿈꾸던 현실이 다가왔다. 그렇게 지난 10년 간 100여 차례 강연을 했다.

같은 일을
100번 했을 때

누구든 같은 일을 100번 이상 실행하며 정성을 쏟으면 결국 달라진다. 무엇이? 그 일을 대하는 나의 태도가, 나를 대하는 사람들의 태도가.

무료 강연에도 기꺼이 지방까지 내려가던 나는 이제 한 번의 강의로 수백만 원을 벌기도 한다. 세 명뿐인 청중에 속상하고 실망했지만 이제는 카이스트나 삼성전자에서 몇백 명을 대상으로 특강을 진행한다.

차곡차곡 쌓여 가는 경험의 기적, 그것은 어떤 자격증도 학위도 대신할 수 없는 생생한 내 것이다. 이제는 어떤 분야든 사실상 지름길은 존재하지 않는다는 것쯤은 아는 나이가 되었다. 그냥 묵묵히, 한 발씩 내 길을 만들며 걸어가는 것 말고는 다른 방법도, 방향도 없다는 걸 알았다. 그래서 나의 100번째 강연은 의미심장했다. 누구보다 겁 많고 소심하며 부족하고 느리지만 적어도 꾸준히 한길을 걸은 '거북이 김애리'에게 상을 주고 싶은 그런 마음이었다. 나의 도전 목록 하나가 그렇게 완성됐다.

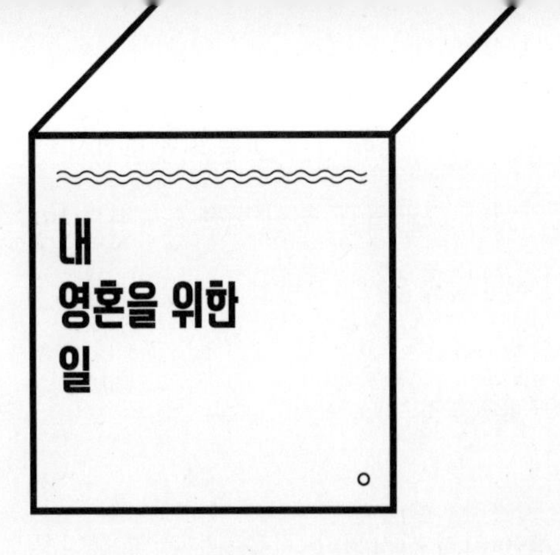

내 영혼을 위한 일

1,000권의 책

스무 살 무렵 우연히 신문에서 서울대 교수님이 신입생들에게 쓴 글 한 편을 읽었다. 글의 요지는 '공부도 좋고, 취업준비도 좋지만 20대에 책을 1,000권만 읽어 봐라, 장담하는데 인생이 달라질 것'이라는 메시지였다.

'책 1,000권? 인생이 달라진다고?'

내가 서울대 신입생은 아니었지만 나는 그 글이 틀림없이 나를 위한 것이라고 생각했다. 그래서 그 즉시 도전 프로젝트(101 Challenge Project)에 이런 항목을 집어넣었다.

서른 전에 책 1,000권을 읽을 것

그리고 꾸역꾸역 책을 읽기 시작했다. 처음에는 정말 꾸역꾸역 읽었다. 한 권, 두 권, 열 권, 서른 권, 숫자에 집착하며 '어느 세월에 1,000권을 읽을까' 하는 마음으로 거친 육체 노동하듯 읽었다. 하지만 곧 나도 모르는 새 독서 근육이 붙었다. 하루라도 책을 읽지 않으면 몸도 마음도 찌뿌둥했다. 나중에는 사람들과 함께 있다가도 책을 읽고 싶어서 일찍 자리를 뜨는 기특한 날도 있었다. 집에 돌아가 조용히 혼자 종이냄새를 맡는 시간이 그렇게 행복할 수가 없었다. 그렇게 한 해, 두 해, 5년, 7년. 꼬박 15년간 하루도 빠짐없이 책을 읽었다. 그 사이 독서 노트도 수십 권 쌓였다.

처음 몇 년간은 일기장 구석에 책을 읽은 날짜와 출판사, 저자 같은 간단한 정보를 기록해 두었지만, 곧 독서록을 따로 만들 수밖에 없었다. 책과 관련해서 할 말이 너무 많아지기 시작한 것이다. 그냥 '이 책을 읽고 이런 저런 느낌을 가졌습니다.'가 아니라 주인공이나 저자의 삶에 풍덩 빠져 함께 허우적댄 시간들을 기록해 갔다. 의식은 어떻게 변화했는지, 행동은 어떻게 달라졌는지를 기록했다. 매일 비슷한 시간에 비슷한 장소에서 독서를 했지만 내게는 매 순간이 새롭고 낯선 경험들이었다. 나는 곧 책을 읽는다는 것은 거대한 무언가에 한 발자국씩 가까이 다가가는 행위라는 것을 깨달았다. 원하는 내 모습을 완성시켜 꿈에 다가가는 정확한 발걸음이라는 걸 알았다.

그리고 스물일곱 살이 됐다. 서른 살 전에 책을 1,000권 읽어보자는 목표를 3년쯤 앞당겨 완성했다. 그래서 결국 인생이 달라졌느냐고 묻는다면 나는 그렇게 묻는 사람을 이상한 눈초리로 쏘아볼 것 같다. '뭐 그런 당연한 얘기를?' 하는 눈빛으로 말이다.

20대에 읽은 1,000권의 책은 내 이력서를 채울 스펙 한 줄도 되지 못했다. 가족조차 알아주지 않았다. 하지만 충분히 괜찮았다. 아니, 전혀 상관없었다. 그건 내게 취업이나 이직을 위한 일이 아니라 그보다 더 중요한 영혼을 위한 일이었으니까. 나는 읽을 책을 선정하고, 시간을 확보해 글을 읽고, 노트에 좋은 구절을 따로 기록하고 북리뷰를 작성하는 그 길고 지루한 과정을 수년간 실천하며 놀랍게도 나에 대한 믿음을 회복해 갔다.

누가 시키지 않고, 돈도 밥도 안 되는 일이지만 매일같이 스스로와 약속을 지키며 그것을 반복하는 동안 나라는 사람이 실은 그렇게 의지박약이거나 실천력 제로인 사람이 아니라는 사실을 알게 됐다. 알고 보니 나는 에너지와 시간을 제대로 쓸 줄 아는 강한 자아를 가진 사람이었던 것이다. 원래 있던 것을 발견한 것인지, 없던 것을 켜켜이 쌓아 간 것인지는 모르겠지만 그런 건 별로 중요하지 않다. 중요한 것은 그 믿음을 바탕으로 내 삶의 많은 것이 달라졌다는 사실이니까.

1,000편의 영화와 다큐,
3,000시간의 글쓰기

모든 일에는 다 이유가 있다. 열심히 살아도 곳곳에 장애물이 너무 많다면? 내 삶의 그 시기에 그 장애물을 통해 아직도 배워야 할 것이 남아 있다는 뜻이다.

모든 것이 다 그랬다. 인생은 우리보다 더 많은 것을 알고 있음이 틀림없다는 증거는, 어떤 일을 겪고 3년쯤 지난 뒤에 밝혀진다. '아, 그래서 그때 그런 일을 겪었구나!'라고 퍼즐이 완성되는 순간, '이게 아닌데.' 했지만 '바로 그것'이었던 적이 참 많았다. 그래서 언제부턴가 스치듯 만나는 사람도, 영화나 음악, 미술작품 하나도 내 삶에 들어온 것은 다 뜻이 있다는 인생의 철학이 생겼다. 그건 아무도 모르는 삶의 빅 픽처. 그러니 생각대로 되지 않는다고 억울해할 것도 없다. 생각대로 되지 않으면 생각지도 못한 일이 '짜잔' 하고 나타나니까.

우리 가족이 모두 열렬한 영화광에 다큐멘터리광이라는 사실도 우연히 내 삶에 끼어든 건 아닌 것 같다. 언젠가 지금까지 봤던 모든 영화와 다큐멘터리를 정리한 적이 있었는데, 놀랍게도 1,000편 가까이 됐다. 그 숫자는 내게 '아, 나는 정말 헛되이 살지 않았네.'라는 묘한 안도감을 전해 주었다. 나는 그러니까, 재력도 안 되고, 스펙도 안 되고, 하다못해 자격증이나 수료증 같은 것도 기대할 수 없는 일을 두 가지나 미친 듯이 한 셈이다. 앞서 말한 1,000권의 책 읽기와 1,000편의 영화와 다큐 보기.

한 번쯤 남들이 '미쳤다'고 할 만한 일에 몰입해보는 것은 좋은 일이다. 남들이 엉뚱하고, 쓸데없고, 유별나다고 하는 일일수록 나를 변화시키는 일일 가능성이 높다. 그건 또한 눈치보고 살지 않는 훈련도 된다. 남이 뭐라 하든 좋아하는 일에 매달리는 삶의 자세는 성공하고 행복한 사람들이 공통적으로 갖고 있는 특징이기도 하다. 모든 사람들이 돈이 되거나 멋져 보이는 일만 한다면 세상은 얼마나 삭막하고 지루할까? 누군가 헤지펀드 매니저가 되어 수백 억 연봉을 번다면, 누군가는 세상에서 가장 훌륭한 초밥을 만들겠다는 결심을 세워야 세상은 더 빛난다. 우리는 모두 특별하고 유일한 사람이다.

서른 살 전에 3,000시간 가까이 글을 썼다는 것도 '나만의 이력서'에서 가장 빛나는 부분이다. 매일, 꼬박 하루도 빠짐없이 노트북을 켜고 좌식 책상 앞을 지킨 것이 무려 3,000시간 가까이 된다는 사실. 그건 내가 청춘의 시기에 얼마나 깊이 고뇌하고, 방황하고, 땀 흘렸는지를 가장 확실히 보여 주는 증거다.

책을 읽고, 영화와 다큐를 보고, 글을 쓰고. 이것들은 내게 어떤 의미일까? 아마도 철들지 말자는 매일의 굳은 다짐이었을 것이다. 영원히 철들지 않은 아이의 호기심으로 세상을 관찰하고, 생각의 폭과 내 꿈의 너비를 넓히려는 시도였다. 그래서 지금도 나는 고민한다. 서른다섯 살의 아기엄마인 내가 하는 고민은 놀랍게도 여전히 진행 중이다.

"나는 또 무엇이 될 수 있을까?"

"나는 앞으로 얼마나 더 성장할 수 있을까?"

내 안에 깃든 두려움

두려움의 목록 만들기

마음은 시속 100킬로미터로 질주하고 싶은데 사이드 브레이크를 걸어 놓은 것처럼 뭔가 발목을 잡고 있다고 느껴질 수 있다. 우리에게 그 사이드 브레이크는 대개 두려움이다. 따라서 우리 안에 크고 작은 두려움을 극복하지 못하면 영영 사이드 브레이크를 걸고 달리게 될 것이다. 하루 이틀 살 게 아니라면, 한 해 두 해 꿈을 좇다가 그만둘 게 아니라면 한 번쯤은 짚고 넘어가야 할 필요가 있었다. 눈에 보이지 않는 감정을 제대로 해결하려면 먼저 눈에 보이는 뭔가로 바꿔야 한다. 이전에도 여러 차례 비슷한 경험을 해 본 터였다. 꿈이라는 막연하고 흔해 빠진 단어를 나만의 꿈이라는 생생한 고유명사로 바꾸기 위해서, 지루한 일상 탈피라는 두루뭉술한 목표에 대한 해답을 찾기 위해서도 시도해 본 적이 있었던 일이다. 그건 바로 그 대상을 목록으로 작성해 보는 것이다.

20대 중반 무렵, 나는 내 안의 두려움을 정리해 목록으로 만들어 보았다. 앞으로 나아가지 못하게 만드는 모든 것들, 성장과 발전의 족쇄가 되는 내적 갈등, 의심과 불안, 기타 모든 부정적인 감정의 근원들을 파헤치기로 했다. 직접 해보면 알겠지만 이 목록을 작성하는 것은 그냥 종이 위에 글자 몇 개를 적는 수준이 아니다. 무의식과 잠재의식까지 낱낱이 들여다보고 이해하고 인정하고 그것들 하나하나에 말을 걸 수 있는 엄청난 용기가 있어야 가능하다. 말도 그냥 거는 게 아니라 믿음과 긍정으로 확언을 내뱉으며 결심해야 한다. 나와 내 삶을 직면하는 데는 마치 전사의 심장과도 같은 의지가 필요하다.

당시에 적어 놓은 내 두려움의 목록은 다음과 같았다.

1. "나는 어쩔 수 없는 문과야. 간단한 계산에도 약해. 앞으로도 영원히 그럴 거야."

2. "많은 사람들 앞에서 말을 하는 것은 내 능력 밖의 일이야. 괜히 나대지 말고 조용히 살자."
3. "여자 혼자 여행을 다니는 건 미친 짓이야. 결과는 누구도 책임 못 져."
4. "SKY나 아이비리그 출신도 아닌 나는 내가 원하는 일보다 그저 주어진 일에 충실해야 해."
5. "어려서부터 스무 번도 넘게 이사를 다니면서 동네친구라는 것도, 학교동창이라는 것도 없었지. 진정한 친구는 주로 어릴 적 친구라는데, 내 삶엔 허락되지 않아."
6. "요즘은 남자들도 여자의 집안, 스펙, 연봉을 따지며 결혼한다는데, 결혼은 포기하는 게 좋겠어."
7. "우울증은 혼자서 치유가 불가능해. 장기적인 상담과 치료 없이는 영원히 이 늪에서 벗어날 수 없을 거야."
8. "경제적 자유를 얻는 유일한 길은 로또밖에 없겠지."

10년쯤 지난 지금, 그때의 목록은 이렇게 바뀌었다.

1. "살면서 한 번도 제대로 노력해 보지 않았지만 수학도 분명 시처럼 아름다운 언어일 거야."

   만년수포자인 나는 최근에 초등학교 고학년 수학자습서

를 구입해서 혼자 풀어 보고 있다. 평생 스스로에게 덧씌운 고정관념을 깨뜨려 보고 싶어서. 이상하게도 나는 아주 어려서부터 '숫자에 약하다'는 말을 부모님으로부터 들어 왔고 그게 유일한 진실이라고 굳게 믿으며 살았다.

2. "처음부터 말을 잘하는 사람은 아무도 없지. 무엇인가를 못한다고 느낄 땐 무조건 양으로 승부해 보자."
   강연료에 관계없이 모든 강연을 수락하고 온몸으로 부딪치며 실전 경험을 쌓아 나갔다. 그렇게 100차례 정도 사람들 앞에서 내 이야기를 건네자 절대 안 될 거라 믿었던 두려움은 뜻밖의 즐거움이 되었다.

3. "상식 밖의 행동만 하지 않는다면 여행이 위험한 것만은 아니야. 이 넓은 세계를 어찌 사진으로만 보고 살겠어."
   중국의 여러 도시들을 혼자 기차로 여행했고, 아시아 6개국을 배낭여행으로 다녀왔다. 내 세계는 내 용기에 비례해 넓어지거나 좁아진다는 것을 확실히 배웠다.

4. "세상엔 명문대 출신보다 그저 그런 대학 출신이 훨씬 많아. 20년 뒤에도 대학이 중요하다고 여겨진다면 나는 인

생을 잘못 산 거야."

전공을 살려 삼성전자에서 중국어 통번역사로 일하게 되었다. 이후 공기업 홍보실에서 사보기획자로 일하며 원하던 연봉을 받았고, 좋아하는 일을 실컷 배우며 할 수 있었다.

5. "마음을 닫으면 평생 외로울 수밖에 없겠지. 거의 모든 사람은 삶의 모든 시기에 진정한 친구를 원해. 내가 먼저 누군가에게 진짜로 다가가면 돼."

   사회생활을 하며 만난 친구, 결혼 이후 만난 친구 중에도 함께 늙고 싶은 인연은 많았다. 나를 자라게 해 주고 더 많은 진실을 들려 준 모든 영적 스승도 큰 범주에서 내 친구들이다.

6. "순수한 사랑만을 원하는 멋진 남자도 세상엔 있어. 그걸 믿고 기다리면 돼."

   아픔과 고통을 나누고 한결같이 손잡아 주는 사람을 만나 그의 딸을 낳고 완벽한 천국에서 살고 있다.

7. "나는 어리석고 결점이 많은 사람이지만 그만큼 겸손하

고 성장하려 애쓰는 사람이지. 이 절박함으로 무엇이든 완성할 수 있어."

나를 절망에 빠뜨리는 것은 상황이 아니라 내 생각이라는 걸 서서히 배워 나갔다. 결과를 바꾸고 싶다면 상황을 바꾸려 애쓰기보다 그 상황을 해석하는 내 생각을 바꿔야 한다.

8. "부의 반대말은 두려움이야. 내가 가난한 내 모습만 떠올리고 집중한다면 나는 꼭 내가 집중한 그대로의 모습이 될 거야. 반대로 경제적 자유를 향해 할 수 있는 모든 일을 시도해 본다면 당장 부자가 되지 못하더라도 언제든 부자가 될 수 있는 지도를 얻을 수 있겠지."

   진짜 부자가 되기도 전에 나는 이미 부자였다. 돈으로도 살 수 없는 온갖 것을 다 경험해 본 '경험 부자'. 그 믿음을 바탕으로 실제로 경제적인 자유의 길로도 들어섰다.

내가 진짜
경쟁해야 할 상대

돌이켜 보면 운명이 달린 결정을 하는 변화의 순간은 항상 두려움 그 자체였다. 첫 책의 원고 피드백을 기다리던 순간(컴퓨터 켜 놓고 전화기 앞에 대기하고 있었지), 첫 대학 강연을 앞두고 홀로 터벅터벅 무대로 걸어가던 때의 적막과 두려움(꿈꾸던 순간이었지만 침도 삼키기 힘들 만큼 긴장되었지), 통번역회사를 차리고 첫 일감을 수주받았을 때(제대로 처리하지 못할까 봐 온종일 마음을 졸였다), 오랜 시간 준비한 화장품 두 종류를 세상에 내놓고 결과를 기다리던 순간.

하지만 그 순간을 넘어서면 '덜컥' 하고 인생의 무대장치가 바뀌었다. 새로운 인생의 무대마다 늘 경쾌한 나팔소리가 울린 것은 아니지만 중요한 건 다음 막이 올랐다는 사실이었다. 또 다른 한 번의 기회가 더 주어진 것이다. 지난 무대에서 연기를 엉망진창으로 했든 말든 이제 뒤돌아볼 필요도 없었다. 새로운 방식으로 새로운 삶을 다시 살아가면 되는 거였다.

두려움의 목록은 내게 말해줬다. 다른 사람과 싸워서 이기는 건 아무 의미도 없는 일이라고. 진짜 용기와 승리는 어제의 나 자신과 싸워서 이기는 일이라고 말이다. 두려움의 목록을 지워 가는 일은, 어떤 의미에서는 단순히 인생을 변화시키는 것이 아니라 완전히 구원하는 일이다. 절대로 해낼 수 없으리라고 생각한 것들에 자진해서 발을 담그는 일은 저장 버튼을 누르지 않은 노트북 위로 우유를 쏟아붓는 아이의 모습을 목격한 것만큼 나를 얼어붙게 만들었다. 매번, 매 순간 그랬다. 하지만 당장의 두려움보다 더 큰 두려움은 '그럼 이대로 살든가' 하는 자포자기의 마음이었다. 두려움을 극복하는 탁월한 방법 중 하나는 더 큰 두려움으로 현재의 두려운 마음을 이겨내는 것이다.

지금의 나와 5년 후 나를 저울질해 본다. 오디션을 보고 뮤지컬 배우에 도전하는 내 모습을 비웃는 사람들의 시선이 두려운지, 5년 후에도 여전히 배우를 꿈꾸고만 있는 내 모습이 더 두려운지 말이다.

두려움의 목록은 다른 말로 '인생 숙제 목록'이다. 우리 모두는 반드시 혼자 힘으로 풀어야 하는 인생의 숙제 목록을 가지고 살아간다. 그리고 알다시피 진짜 핵심이자 본질은 아는 것이 아니라 하는 것이다. 방학숙제를 잘 아는 것과 진짜로 실행해 보는 것 사이에는 엄청난 차이가 있으니까.

제3장

조금 더 열심히 살게 만드는 방법들

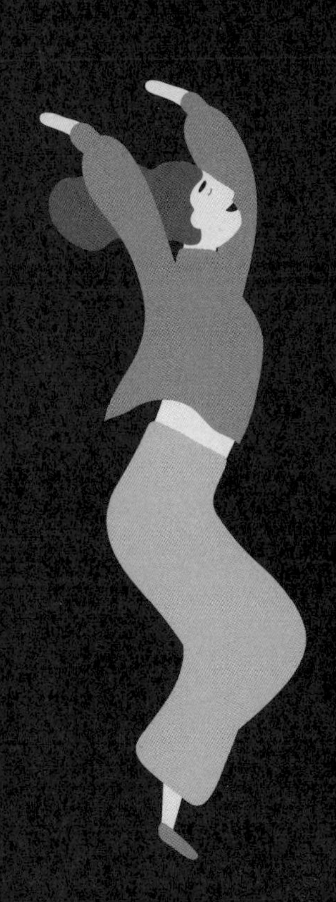

모두가 세상을 변화시키려고 하지만
정작 스스로 변하겠다고 생각하는 사람은 없다.

_ 톨스토이

삶을 바꾸는 작은 반복

같은 일을 365번 반복하면?

살면 살수록 삶의 주요 기술 중 하나는 버티기가 확실하다는 생각이 든다. 좀 순화된 단어로 표현하자면 인내 또는 끈기쯤 되겠다. 많은 사람들이 시작의 중요성을 강조한다. 마음먹은 것을 실천하는 행동력이 인생을 변화시킨다는 이야기다. 맞다. 경험상 너무나 지당하신 말씀이다. 그런데 시작이 중요하다는 말은 반은 맞고 반은 틀리다. 일단 발을 떼야 걷든 뛰든 하겠지만 세상에는 발만 떼고 중도에 되돌아오는 사람이 너무 많기 때문이다. 그래서 나는 이렇게 이야기하고 싶다. 발을 떼는 것은 중요하다. 하지만 끝까지 걷는 것이 더 중요하다.

알다시피 나 자신을 상대로 임상실험(?)을 하던 나는 도서관에서 다음 책을 준비하다가 불현듯 이런 생각을 했다.

'같은 일을 365일 반복하면 내 삶이 어떻게 달라질까?'

그 물음은 너무 울림이 크고 강렬해서 당장이라도 적용하여 결과를 알아보고 싶었다. 재미있게도 웹 검색을 하다가 우연히 흥미로운 카드뉴스를 접했다. 나처럼 인생에 대한 호기심에 충만한 누군가의 스토리였다.

광고회사 CEO이자 그래픽디자이너인 아담 파딜라라는 남자는 매일 광고를 만드는 일을 하지만 늘 창작에 대한 갈증을 느꼈다. 그래서 그는 하루에 하나씩 그림을 그려 보기로 했다. 처음에는 5분, 10분 낙서하듯 그렸다. 어떤 날은 30분 이상 공들여 그림을 그리기도 했다. 그리고 이 모든 과정을 인스타그램에 기록했다. 이후 그는 만나는 사람마다 '하루에 딱 한 개씩만 해 봐라' 전도사가 되었다고 한다. 하루에 한 개, 1년이면 365개, 2년이면 730개다. 평생을 살면서 300번 이상 같은 일을 반복하는 경우는 매우 드물다. 의도하지 않는다면 아예 안 찾아올

지도 모른다. 아쉽게도 그 기사는 매일 무언가를 했을 때의 구체적인 변화에 대해서는 말이 없었다. "어쩌면 정말 인생이 바뀔지도 모른다."는 말로 매듭을 짓고 있었다. 이거 뭐지? 각자 직접 해 보고 어떻게 인생이 바뀌는지 알아보라는 말인가? 그래서 나는 당장 내 삶에 적용하기로 했다.

'그런데 뭘 할까? 매일매일 하는 일이니 너무 복잡하거나 지루해선 안 되겠지.'

나는 짧게는 10분, 길게는 30분 내외로 할 수 있는 일들을 떠올리기 시작했다. 언제나 그렇지만 이 단계가 가장 설레고 재미있다.

'스페인어를 매일 한 문장씩 암기해 볼까?'
'요가나 스트레칭을 해 볼까?'
'경제 팟캐스트를 듣거나 교육칼럼을 읽어 볼까?'
'매일 새로운 요리를 하나씩 시도해 볼까?'

고민 끝에 나는 365일간 하루도 빠짐없이 명상을 하기로 했다. 사실 이전에도 나는 무엇인가를 꾸준히 하는 데에는 누구보다 자신이 있었다. 나는 손이 빨라 무엇이든 쉽게 익히거나 하나를 알려 주면 열을 아는 명석한 두뇌의 소유자는 아니지만 느리게, 그러나 정확하게 발걸음을 떼는 일에는 자신이 있었다. 그 과정에서 무엇이든 꾸준히 하다 보면 반드시 한 줄의 깨달음을 얻게 된다는 걸 알았다. 가령 유리창을 닦는 일도 하루도 빠짐없이 10년을 하면 철학이 생기게 마련이다. 그런 의미에서 수행이란 별 게 아니다. 반복되는 행위 속에서 의미를 찾는 것, 반복되는 일상에서 자아를 발견하고 자신만의 인생철학을 완성해 가는 것. 그게 수행이 아니고 무엇일까?

내가 명상을 선택한 이유는 다른 게 아니었다. 글쓰기나 읽기처럼 나에게 익숙하고 자신 있는 일이 아닌, 난생 처음 도전해 보는 일을 하며 내적, 외적 변화를 세심히 관찰하고 싶었다.

1년간의 관찰카메라

그렇게 꼬박 1년간, 365번의 명상을 실천했다. 매번 가부좌 틀고 앉아 경건한 표정으로 눈을 감았던 건 아니다. 주로 아침에 깨어나자마자 명상에 빠졌는데, 그 시간을 놓친 날에는 잠들기 직전

침대에 누워 온몸을 이완시키며 명상하거나 오후 느지막이 설거지를 하면서 명상한 적도 있다.

일단 1년간 나를 대상으로 관찰카메라를 찍은 결과부터 이야기하자면, 정말 너무나 재미있었다. 나 자신을 대상으로 머릿속 계획을 실행에 옮긴 뒤 그 효과를 살펴 보는 과정이. '카더라' 통신을 믿지 말고 스스로를 믿고 실험해 본 그 자체가 너무도 짜릿했다. 누구든 궁금하거나 얻고 싶은 것이 있다면 일단 자기 자신에게 적용해 보길 권한다.

예를 들어 이런 이야기들.

"100일 동안 물을 하루에 열 잔씩 마시면 건강 체질로 바뀐다더라."

"아침 사과 한 쪽이 피부엔 최고의 에센스 역할을 한대."

"엄마가 책 보는 모습을 어릴 적부터 보고 자란 아이가 책벌레로 자란대."

"하루 10문장씩 100일만 암기하면 영어스트레스는 끝!"

실패하면 실패한 대로 백업 플랜도 세울 수 있고, 과정 점검을 하거나 실패 요인을 분석해 볼 수도 있다. 그 일을 해도 1년 후는 찾아올 것이고 안 해도 어김없이 찾아오겠지. 하루에 적은 시간을 투자하는 것이니 중도 포기하거나 결국 아무런 결실이 없어도 큰 손해도 아니다(스마트폰으로 낭비하는 그 어마어마한 시간을 떠올려 보면 10분쯤이야).

2018년에는 한 해가 시작되자마자 0시 예배를 마치고 새로운 다짐을 했다. 올해는 매일 한 번씩 기도를 하자. 단, 나와 전혀 인연이 없는 다른 이들의 영혼을 위해. 지금까지 가족, 지인, 나 자신을 위해 기도했다면 2018년에는 일면식도 없는 이들을 위해 마음을 보태 보기로 했다.

나는 세상을 떠들썩하게 만들었던 실종사건의 주인공이자 결국 차디찬 주검이 되어 돌아온 다섯 살 아기를 위해 뜨겁게 기도했고, 이웃에게 성폭행 피해를 입은 여섯 살 여아를 위해서도 기도했다. 딸을 키우다 보니 나만 잘 먹고 잘 사는 게 내 삶의 전부가 될 수 없음을 안다. 우리나라 대한민국과 아프고 힘든 사람들을 위해 간절하게 기도하는 한 해, 그것을 만들어 보기로 했다. 물론 단 하루도 빠짐없이.

역시 너무 궁금하다. 매일 누군가를 위해 기도한다면 내 영혼이 얼마나 풍요로워질지, 사랑으로 넘쳐나게 될지.

매일 하나씩 하다 보면 알게 된다. 무언가를 꾸준히 하는 것은 생각보다 힘이 세다는 것을. 형편없는 손글씨라도 매일 쓰면 달라진다. 매일 10분씩 피아노를 치면? 매일 20분간 영어공부를 하고 독서를 하면?

많은 사람들이 내가 어떻게 해마다 꾸준히 책을 내는지 궁금해한다. 대단한 시간관리법이나 글쓰기 비법이 있다고 생각하는 것이다. 하지만 머리가 좋지도, 특별히 부지런하지도 않은 내가 10년간 해마다 책을 낼 수 있었던 유일한 방법은 그냥 하루도 빠짐없이 매일 꾸준히 (하루에 10분이든 세 시간이든 개의치 않고) 글을 쓴 것이다. 그렇게 모인 조각글이 365일 후에 책 한 권으로 묶여 나올 뿐이다.

그게 무엇이든 365번 반복해 보길 바란다. 반드시 공부나 운동, 독서 같은 자기계발뿐 아니라 그냥 나를 즐겁게 만들어 주는 일 한 가지도 가능하다. 나를 웃게 만드는 웹툰을 반드시 하루에 하나씩 보겠다는 다짐 같은 것도 얼마나 좋은가?

나를 행복하게 만드는 무언가를 자신에게 선물하겠다는 약속도 좋겠다. 매일 화분에 물을 주겠다는 다짐도 쉬운 것은 아니다. 매일 시 한 편을 읽겠다는 것도, 억지로라도 웃는 모습의 셀카를 한 장씩 남기겠다는 것도 말이다. 장담컨대 외적으로 크게 달라진 게 없다 해도 내면은 반드시 달라져 있을 것이다. 경험이 주는 가치, 자신과의 약속을 스스로 지켰다는 자부심은 자존감으로 이어지고, 그 힘으로 더 큰 것도 묵묵히 해내는 자신이 될 것이다.

나만의 아침주문

글도 쓰고 강연도 하고 사업도 하며 애도 키우고, 심지어 상담심리학 공부까지. 꽤 많은 타이틀을 가지다 보니 상위 1퍼센트에 속하는 부지런한 사람일 것이라는 오해를 받는다. 그도 아니면 멘사 회원쯤 되는 두뇌를 가지고 남들은 열 시간에 할 일을 절반도 되지 않는 시간에 해치울 수 있겠다는 오해도. 나는 머리도 많이 나쁘고 천성 역시 게으르다. '열심히 살기 전도사'를 자처해 놓고 천성이 게으르다고 고백하는 나를 비난할 수 있겠지만, 솔직히 그게 바로 진짜 내 모습이다. 아니라고는 도저히 말 못하겠다. 대신 깨어 있는 시간을 200퍼센트 활용하며 살고 있다고 자부한다. 또 거의 매일 아침 남들과는 조금 다른 세 가지 다짐을 하고 (다짐에만 그치는 것이 아니라) 그것을 실천하며 살아간다. 이 점이 바로 게으르고 똑똑하지 않은 내가 원하는 것들을 이루며 살 수 있는 이유다. 또한 내 아침주문은 생산성과 자신감, 행복도를 동시에 높여 주는 좋은 방법이다.

매일 아침 내가 외우는 세 가지 주문은 바로 이것이다.

하나, 가장 두려운 일을 하라.
둘, 가장 귀찮은 일을 하라.
셋, 가장 행복한 일을 하라.

너무 단순하다고 생각할지도 모르겠다. "상투적인 말들은 모두 진실이다."라는 작가 조지 오웰의 말처럼 진리는 아주 단순하고 간단한 말들 속에 숨어 있다. 이 주문을 인생에 추가한 뒤 나의 일상은 특별하게 바뀌었다. 단순히 주문만 읊조린다고 끝나는 것이 아니고 이것은 매일 내가 지키는 행동규칙, 하루하루를 살아가는 나만의 원칙이 되었다. 예를 들어 볼까?

오늘 나는 흐지부지 끝맺음이 좋지 않았던 지인에게 먼저 전화를 했다. 어색한 관계를 개선해 보려는 시도는 어느 정도 용기를 필요로 했다. 그걸 알기에 망설여 왔던 일이었다. 말하자면, 두려운 일.

오후에는 오렌지색 립스틱을 바르고 아이스커피를 마시며 차 안에서 혼자 음악을 들었다. 말하자면, 행복한 일.

저녁을 먹은 뒤에는 천근만근처럼 느껴지는 몸을 끌고 운동을 하러 갔다. 꼭 해야 하는 것을 알지만 변명과 핑계 속에 자주 던져 두는 일이었다. 말하자면, 귀찮은 일을 한 셈이다.

이렇게 매일 세 가지를 점검하고 실천한다. 오랜 시간 이를 반복하며 살다 보니 극복할 수 없을 거라 여겼던 두려움이 아무것도 아닌 일이 되기도 하고, 무수한 귀찮음을 이기지 않으면 발전과 성장은 없음을 깨닫기도 했다. 무엇보다도 일상 속에서 행복을 발견하는 일을 압도적으로 잘 해내는 능력을 갖게 되었다. 나는 주변 사람들에게도 이 세 가지를 매일 해 보라고, 세 가지가 부담된다면 이 가운데 하나라도 꾸준히 실천해 보라고 권한다. 장담하건대 인생이 달라진다.

아침을 새롭게 열기 위한 꿀팁

❶ 다섯 개의 단어 쓰기

아침에 일어나 하루를 본격적으로 시작하기 전에 내 영혼을 정화하는 데 도움이 되는 단어를 다섯 개 정도 적어 본다. 예를 들어 2019년 2월 4일의 다섯 단어는 '용기, 이타심, 심호흡, 구름, 사랑고백'이다. 이렇게 정한 단어를 붙들고 하루를 보내는 것이다.

사무실에서 일하다 잠깐 밖에 나와 구름을 한번 올려다보기도 하고, 연인이나 배우자(또는 부모님도 좋다)에게 갑작스럽게 사랑고백도 해 본다. 그날 하루 내가 선택한 단어들을 그날의 주제로 삼아 살아가는 것이다.

❷ '모닝페이지'를 작성하기

이 방법은 내가 좋아하는 줄리아 카메론의 책《아티스트웨이》에 소개된 것이다. 모닝페이지란 매일 아침 의식의 흐름을 세 쪽 정도 적는 것을 말한다. 아주 사소하거나 바보 같거나 엉뚱해도 상관없다. 머릿속에 떠오르는 생각들을 모두 옮겨 적는다.

이것은 창조성 회복의 실마리가 되는 도구다. 무의식중에 억압하고 제재해 왔던 마음속 검열관을 무시하는 방법을 배우는 과정이다. 작가는 이 방법을 최소 8주 이상 실천해 보라고 권한다. 내면에 있는 지혜의 목소리를 깨우고, 어느 누구에게도 말하지 못했던 은밀한 꿈과 소명도 발견할 수 있다.

❸ 침대를 정돈하기

팀 페리스의 책 《타이탄의 도구들》에는 지구상에서 가장 성공했다는 평가를 받는 타이탄들이 지켰던 아침의 의식이 소개되어 있다. 일기를 쓰고, 명상을 하거나 차를 마시는 것까지는 일반적이라고 생각했다.

가장 기억에 남는 것은 '잠자리를 정돈한다'는 부분이었다. 생각해 보니 이전까지 나는 침대를, 아니 침대조차 정리하지 않는 사람이었다. 큰일에는 공을 들여야 마땅하다고 여기면서 사소하고 작은 일은 쉽게 간과하는 부류였다. '잠자리를 정돈하라'는 메시지는 내가 미처 생각지 못했던 작은 실천의 중요성을 일깨워 주었고, 나는 스스로 통제 가능한 작은 일들부터 습관화하는 것이 중요하다는 것을 받아들였다.

❹ 매일 한 명에게 축복의 메시지 보내기

아주 짧고 강렬하게! 친구나 동료들에게 카톡이나 SNS 쪽지도 좋고, 함께 사는 가족에게 냉장고에 포스트잇으로 메시지를 남기는 방법도 꽤 효과적이다. 꼭 낯간지러운 마음 표현을 하라는 것이 아니다. 어제 읽었던 책 속에서 나누고 싶은 구절을 적어 보내거나, 힘찬 하루를 시작하는 데 도움이 될 만한 짧은 응원가를 적어도 좋다. 그건 누군가를 기분 좋게 만드는 일이지만 나 자신에게 보내는 메시지이기도 하다.

안 하던 짓이 가져온 놀라운 효과

안 하던 짓이 중요한 이유

몇 살부터 공식적인 어른의 나이인 걸까? 요즘은 평균 수명도 길어졌으니 넉넉잡고 서른 살이라고 한다면, 우리에게 당면한 서른 이후의 최대 과제는 '어떻게 설렘을 회복하느냐?'일 것이다. 여기서 말하는 건 물론 연애상대와 썸 타는 설렘 말고, 인생과 일상에서 어떻게 감성을 회복하고 열정을 유지할 수 있느냐를 말한다.

이미 2000년 전에 위대한 그리스 철학자 에픽테토스도 말했다. 우리가 상황을 변화시킬 수는 없더라도 그 상황을 바라보는 시각은 변화시킬 수 있다고. 그리고 그것으로 충분하다. 내 반응을 통제할 수 있다면 모든 것이 달라지기 때문이다. 나는 '지루한 어른의 시간'이라는 어쩔 수 없는 환경을 다른 시각으로 바라보고자 했다. 돌아보면 지금까지 수면 아래서 허둥대던 무수한 발버둥은 내 삶과 나 자신을 새로운 눈으로 바라보기 위한 노력이었다. 세상에서 가장 어렵고 힘든 상대인 나를 탐험하기 위한 여행이기도 했다.

어른의 시간이 지루하고 더디게 가는 것은 모든 일이 지금껏 해 왔던 일들의 반복이기 때문이라는 말을 어디선가 들었다. 과학적 근거가 있는 말인지는 모르겠지만 마음에 스며들며 공감이 갔다. 스무 살 전까지의 삶이 롤러코스터 맨 앞좌석에 탄 것처럼 짜릿하게 느껴지는 이유는 모든 게 처음 겪는 낯선 경험이기 때문이다. 낯선 장소에서 낯선 사람들과 처음 해보는 일들. 아, 얼마나 즐겁고 신비로운가? 그때는 하루하루가 여행지에서 맞이하는 첫날처럼 느껴졌다. 온몸과 마음을 다해 새로운 경험들을 생생히 느끼며 살았다.

그리고 어른이 되었다. 취업을 위해 이를 악물었는데, 매일 화석처럼 영혼이 굳어 가는 생활을 3년쯤 하고 있다면 어떻게 될까? 이 무렵부터 많은 이들의 일상이 메마르기 시작한다. 심장이 뛰는 유일한 순간은 일 년에 두어 번 있는 휴가 계획을 짤 때뿐이다. 나머지 기간에 심장은 주걱에 붙은 밥풀처럼 회생불가능한 상태가 된다.

내가 101 N 프로젝트(101 New thing Project)를 떠올린 것은 20대 초반이지만 그걸 제대로 가동시키기 시작한 것은 서른 살이 지날 무렵이었다. 지금 생각해 보니 아마 그때부터 본격적으로(?) 삶이 지루하다고 느껴졌던 것 같다. 그래서 일주일에 한 번씩 '안 하던 짓'을 해보기로 했다. 거창하고 대단한 일이라고 생각지 않았다. 아주 작은 변화에도 예기치 못한 큰 기쁨이 숨어 있다는 것을 알고 있었기 때문이다.

처음에는 매일 가는 카페 대신 다른 골목에 자리한 카페에 가는 일부터 시작해 봤다. 언제나 그랬던 것처럼 노트북을 펼치고 글을 쓰는데, '어라! 글이 좀 더 잘 써지네!' 했던 기억이 난다. 그 다음에는 생전 읽지 않았던 분야의 책을 주문해 보기로 했다. 나는 인물평전이나 역사서는 거의 안 읽는다. 그래서 그게 재미있는지 없는지도 사실 잘 모른다. 제대로 몰입해 본 적이 없기 때문이다. 그렇다면 도전!

남편과의 저녁 약속에는 태어나서 처음으로 새빨간 립스틱을 바르고 나타났다. 남편은 약속 장소인 식당에서 나를 보자마자 실소를 터뜨리며 말했다.

"엄마 립스틱 몰래 훔쳐 바르고 나오셨나 봐요?"

물론 나는 아랑곳하지 않았다. 내게 중요한 것은 레드립스틱이 잘 어울린다는 의외의 발견이었다. 이 좋은 걸 왜 서른 살이 넘어서 처음 시도해 봤는지 모르겠다.

이후 더 많은 '새로움'을 향유했다. 처음 먹는 음식도 시켜 먹어 보고, 한 번도 도전해 보지 않았던 스타일의 옷을 찾아 입어 봤다. 덜덜 떨리는 손으로 혼자 운전을 해서 고속도로를 달려 본 일, 미용실에 가서 "아무렇게나 해 주세요."라고 외쳐 본 일, 스무 살 때도 하지 않았던 유치한 네일아트를 해 본 일, 마트에서 처음 만난 아기엄마와 전화번호를 교환한 일도 있었다. 처음에 말했듯이 거창하거나 특별한 일은 거의 없었다. 하지만 나는 곧 깨달았다. 이 작은 노력이 우리 어른들이 잃어버린 감성을 깨우는 중요한 열쇠가 되리라는 것을 말이다.

매주 새로운 짓을 해 보는 경험은 늘 반복되는 지루한 일상

속에서 '오후 3시의 아이스라떼' 같은 역할을 했다. 그것은 '잠시 멈춤' 버튼을 누르고 숨을 고른 뒤 나를 들여다보고, 나와 만나는 시간이었다. 아이스라떼가 흔히 그렇듯 누군가에게는 달콤함을, 누군가에겐 시원함을, 또 다른 누군가에게는 잠이 확 달아나는 카페인 같은 한 방을 선물할 것이다.

적어 보면 안다. 서른 살이 훌쩍 넘었어도 아직 경험하지 않은 일들이 얼마나 많은지. 나는 마흔 살에도, 예순 살에도 마찬가지일 것 같다. 이 다채롭고 풍요로운 세상은 아무리 열심히 살아도 늘 새로움이라는 선물을 남겨 놓는다. 얼마나 고마운지 모른다. 나는 101가지 인생의 첫 경험 리스트를 작성하는 것만으로도 심장이 두근두근 뛰었다.

'내가 아직 안 해 본 일이 이렇게나 많네?'
'노력한 만큼 행복할 수 있고, 설렐 수 있구나!'

어른이 되고 나서 한 번도 안 해 본 일을 하나씩 해 보는 것은 잃어버린 호기심과 순수를 찾아 나서는 길이기도 하다. 그리고 한 번 두 번 해 보면 알 수 있다. 우리가 새로움을 향한 문을 열 때 이전에는 보지 못했던 새로운 삶의 통찰이 생긴다. 열어 두는 것만으로도 새로운 세상이 열리기도 한다. 이 작은 행위들이 인생을 정말 흥미진진하게 이끈다.

시도한 만큼
자유로워지는 삶

친구 한 명이 내 '새로움 프로젝트'를 접한 뒤 곧바로 실천해 봤다고 연락을 해 왔다. 그녀의 첫 번째 새로운 도전은 바로 심리상담센터의 문을 두드리는 것이었다.

"막상 시작해 보니까 별것 아닌데 거기 문을 열고 들어가는데 5년이 걸렸네."

그녀는 5년간 마음속에 품고 있던 일을 단 10분 만에 해치웠다. 그냥 차를 몰고 집 근처 상가에 있는 센터를 찾았고, 주춤주춤 문을 열고 들어간 것이 전부였다. 일단 용기를 내어 저질러 보니 나머지는 모두 알아서 진행되었다고 한다.

"다음엔 블로그에 감사일기를 매일 쓸 거야."

별것 아닐지 모르는 '심리상담 받기', '블로그에 감사일기 쓰기'는 그녀가 살면서 한 번도 안 해 본 일인 동시에 새로운 인생을 위한 도전 목록이기도 하다. 나는 그녀가 시도한 만큼 자유로워질 것이라고 확신했다.

"한 번이 힘들지 일단 한 번 하고 나면 중독된다, 이거."

정말 그렇다. 내가 중독 증세를 제대로 보이고 있는 살아 있는 증거다. '살면서 한 번도 안 해 본 일들' 리스트는 사실상 끝이 없으니까. 나는 이것이 몸과 마음이 건강한 어른들의 놀이라고 생각한다. 잘 노는 아이가 씩씩하고 밝게 자라듯이 잘 노는 어른이 꿈도 잘 이룬다. 왜냐고? 내가 가진 한계와 고정관념을 깨뜨리는 연습은 재미있고 설레지만 그 자체로 공부이고 성장이기 때문이다.

해마다
스페셜 프로젝트

시작은 늘 그렇듯 번뜩하는 작은 발상에서 비롯되었다.

'해마다 내 삶과 타인의 삶에 특별한 일을 한 가지씩 선물해 보면 어떨까?'

아기를 임신하고 출산을 기다리던 2015년 여름, 나는 내가 바라는 상태, 소유하고 싶은 물건, 원하는 모습이 아무것도 없는 궁극의 평화를 가진 사람이 되어 있었다. 임신 기간은 내 인생 전체를 통틀어 가장 행복하고 편안한 시간이었다. 신기하게도 입덧을 비롯해 어떤 식으로든 힘든 증상도 없었고, 그저 태동을 하는 아기의 발길질만 느끼며 교감할 뿐이었다. 너무 편하고 행복했기 때문일까? 내게서 넘치는 이 사랑의 기운을 다른 사람들에게 어떻게든 나누고 싶다는 생각이 마음에 가득했다. 그러다 출산을 앞둔 임신 34주차에 이르러 운영 중인 블로그를 통해 '미니도서관 프로젝트'를 진행했다. 책이 필요하지만 부족한 곳에 책을 나누는 프로젝트다.

나는 태교의 8할을 독서로 했는데, 그때만큼 읽는 행위를 온전히 즐기며 평화롭고 즐겁게 독서를 한 적이 없었다. 그러면서 문득 도서관이 없는 미혼모센터 시설 한쪽에 좋은 책 100여 권이 꽂힌 책장을 선물하고 싶다는 생각이 들었다. 임신기간의 3분의 1을 남편과 떨어져(남편은 여전히 중국에서 사업 중이었다) 한국에서 혼자 지내니 자연스럽게 미혼모들에 대한 생각을 하게 된 것 같다. 여자 혼자의 몸으로 이 거친 세상에서 아이를 기르며 맞닥뜨리게 될 숱한 어려움과 외로움을 떠올리게 된 것이다. 그렇게 블로그 이웃들과 십시일반 모은 양서 100여 권을 용인시 소재 미혼모센터에 기증했다. 이 작은 행위는 내게 나눔의 기쁨을 확실히 알려 주었다. 그해에 나는 이런 다짐을 했다.

'앞으로 1년에 한 번씩 다른 사람에게 도움이 되는 작은 일들을 실천해 봐야지. 다른 누구도 아닌 나 자신을 위해서.'

작지만 뜻깊은 나만의 의식

그렇게 2015년 이후 지난 4년간 해마다 작지만 뜻깊은 나만의 의식을 거행하고 있다.

2016년에는 마음이 힘든 두 분과 독서심리상담을 진행하며 치유와 위로의 시간을 가졌고, 2017년에는 사회적기업 '별을 만드는 사람들'을 통해 소외 청소년들에게 책을 선물했다. 그리고 2018년에는 내가 런칭한 브랜드의 화장품 150만 원어치를 아동복지타운에 선물했다. 이것들은 기부라고 하기에는 손발오그라들고, '어라, 너도 꽤 쓸 만한 인간이었네!' 정도의 자뻑 이벤트라고 부르는 것이 정확하다.

누구든 해마다 한 번씩 가성비 만점의 '자기 사랑 프로젝트'를 진행해 보기를 권한다. 나는 가치 있는 사람이고, 약하거나 비겁한 패자가 아니며, 진정한 변화, 진짜 행복과 성장을 위해 노력하고 있다는 사실을 확인하는 것은 '배워서 남주기 이론'을 실천할 때 가능하다. 그래서 자존감이나 자신감이 바닥나 있다면 나에게 초점을 맞추기보다 남에게 시선을 돌리면 된다. 내가 배운 지식이나 지혜 가운데 남을 위해 사용할 수 있는 것이 있는지 고민하고, 또 내가 소유했거나 투자해서 기꺼이 내놓을 수 있는 것이 무엇인지 생각해 보는 과정에서 나를 다시 보게 되기 때문이다. 지질하고 가난하다고 여겼던 자신에게도 나눌 수 있는 무언가가 있음을 알게 되면 나에 대한 평가가 달라진다. 더 열심히, 더 신나게, 더 감사한 마음으로 살아가게 된다.

우리는 죽음에 대해 아무것도 모른다. 다만, 한 가지 확실한 건 죽기 전에 이렇게 말할 사람은 아무도 없을 것이란 사실이다.

"더 철저히 나만 생각하면서, 더 악착같이 내 것만 챙기면서 살았어야 했는데…."

뿌듯함, 아름다움, 감사, 행복, 가치 있는 삶. 세상에 존재하는 긍정적인 단어는 베풂이라는 삶의 방식과 연결되어 있다. 삶의 끝자락에서 허무함과 싸우지 않으려면 미리미리 저축을 해야 한다. 함께 늙어가고 싶은 진실한 관계도 저축하고, 스스로 미소 지을 수 있는 크고 작은 성취감도 저축하고, 기꺼이 희생하거나 베풀었던 행복한 기억도 끊임없이 저축해야만 한다. 나는 이러한 저축이 노년의 재정 문제만큼 중요하다고 생각한다. 현금 100억 원을 가졌지만 정서적으로 적자 상태라면 무슨 소용이겠는가.

언젠가, 누군가 내게 이런 말을 했다. 매일매일 신과 단독으로 면담하는 심정으로 살아야 한다고. 불과 60년 후에 나는 신과 마주 앉아 이런 대화를 나누게 될 것이다.

"너는 내가 준 시간 동안 과연 무엇을 했느냐?"

그때 나는 과연 뭐라고 대답할까? "누군가를 죽도록 미워하고 증오했고, 자주 넘어지고 엎어지고 좌절했습니다. 내 삶에 실망하고 상처 입고, 끊임없이 남과 나를 비교하고 아파하며 절망했습니다."라고 말하게 될까?

마지막 순간에 나의 신은 내가 과연 어떤 대학을 나왔는지, 통잔 잔고는 얼마이고 연봉은 얼마인지를 궁금해할까? 마지막 순간에 하느님은 내 사업 수완이나 인사고과 점수, 기부금 액수나 주변 인맥을 보고 내 삶을 결정하실까? 그렇다면 그건 한 편의 코미디겠다. 신은 아마도 이렇게 물을 것이다.

"너는 세상에 어떤 의미를 보탰느냐?"

"너 자신을, 타인을, 세상을 얼마나 깊이 사랑했느냐?"

"얼마나 용서했고, 얼마나 껴안았으며, 얼마나 자주 손을 내밀었느냐?"

"얼마나 보듬었고, 얼마나 이해했느냐?"

"그리하여, 내가 준 모든 시간에 살아 숨 쉬는 시늉만 하다 돌아왔느냐, 아니면 세상에 너만의 의미를 더했느냐?"

신과의 최종면접을 떠올리면 언제 어디서든 겸허한 마음이 된다. 나는 웃으며 면접에 통과하고 싶다. 그러기 위해서는 진심을 다해 지금 이 순간 할 수 있는 가장 뜨거운 방식으로 살아야만 한다.

사후장기기증에 서약한 날, 미혼모센터에 책 100권을 보내던 날, 아프리카 아이를 매달 후원하기로 한 날, 무거운 화장품 박스를 혼자 들고 아동복지센터를 찾은 날, 남편과 손잡고 현금 100만 원과 간식을 전달한 날, 신 앞에서 고개를 떳떳이 들 수 있는 내 인생 최고의 순간들은 대단한 성과와 경력으로 빛나는 날이 아니라 내가 손 잡아 줄 수 있는 누군가가 있다는 걸 알아챈 순간들이었다.

결핍을 인정하는 날, 다시 시작하는 날

연약함이 가진 힘

가끔 이런 기도를 한다. 마음을 다해, 진심을 담아 나의 신께 기도드린다. 나는 이제 기도의 힘이란 이루어지는 데 있지 않다는 걸 안다. 거칠고 소란한 마음의 파도를 잠잠히 재우는 데 있음을 잘 알고 있다. 그리고 이 세상에 시끄러운 마음을 고요히 다스리지 않고 이룰 수 있는 일이란 없다는 것도 알겠다.

아주 오랫동안 우울증을 갖고 살게 하심에 감사합니다.

덕분에 자기만의 폐쇄된 세계에 갇혀 사는
이들의 고통을 알게 되었습니다.

자신감과 자존감을 무너뜨려 주심에 감사합니다.
진정한 용기에 대해 오랫동안 고민하였고 결국 이해하게 되었습니다.

가난하고 힘든 유년 시절을 주심에 감사합니다.
어둠 속에 놓인 이들의 입장을 세상 누구보다 잘 헤아리게 되었습니다.

학력도 인맥도 재력도 주지 않으심에 감사합니다.
덕분에 남들보다 두 배 노력하는 법을 알게 되었고
절실함이 무엇인지 배웠습니다.

자주 실패하고 넘어지게 하심에 감사합니다.
이제는 바닥까지 내려가도 크게 두렵거나 겁나지 않습니다.
이 모든 것을 덤이라 여기고 살아갑니다.

나는 실제로 신이 내게 준 달란트에 대해 오랫동안 생각했다. 아무리 고민해 봐도 딱히 떠오르는 게 없었다. 그래서 아무것도 없다고 여기며 살아왔는데 어느 날 불현듯 깨달았다. 신은 내게 약함을 주셨다는 것을. 그것이 나에게 주신 소명이자 힘이라는 사실을. 그 약함으로 어떤 좌절이나 고통도 극복할 힘을 얻었다고 생각하기 때문이다.

그러던 중 현경 교수님의 책《연약함의 힘》에서 다음과 같은 구절을 발견하고는 무릎을 탁 쳤다.

> 연약함의 힘이란 무엇일까요? 그것은 자기 내면의 진정한 목소리를 들을 수 있는 힘, 참 나를 있는 그대로 보여 줄 수 있는 힘, 상대방의 마음을 헤아려 공감할 수 있는 힘, 진실대로 살기 위해 모험할 수 있는 힘, 모험에 동반되는 불안과 두려움을 견뎌내는 힘, 자신이 원하는 것과 남이 원하는 것이 상충될 때 관계의 성장을 위해 균형 있게 양보하고 타협할 수 있는 힘 등입니다.

나는 이제 진짜 자기애와 거짓 자기애를 구별할 수 있다. 진짜 자신감과 가짜 자신감도 판별할 수 있다. 행복한 사람과 행복을 연기하는 사람도 구분할 수 있다.

좋아하는 소설 속에서 언젠가 그런 말을 읽었다. 신은 어떤 사람에게 벌을 내리실 때 종종 그의 소원을 들어 주신다고 한다. 우리가 저주이자 고통이라 여겼던 일들을 돌아보니 축복이자 기회였던 적이 있을 것이다. 반면, 세상 누구나 부러워하는 자리에 앉은 사람이 실은 지옥 같은 마음으로 삶을 저주하고 있을 수도 있다. 그래서 아무것도 함부로 판단할 수 없고, 어떤 것도 무심히 우러러보며 동경해선 안 된다. 오랫동안 나의 치명적 약점이자 상처라고 생각했던 일들이 나이를 먹을수록 내면을 단단히 지켜 주는 철옹성이자 무기가 된 것처럼 말이다.

불가능을 가능으로 바꾸는 결핍의 힘

결핍은 때로는 한 사람을 성장으로 이끄는 강한 힘이라고 믿는다. 모든 도약은 자신의 부족함을 인정하는 데서부터 시작되기 때문이다. 모든 면에서 스스로 완벽하다고 믿는 사람은 뭔가를 배우려고 하거나 다시 시작하려 하지 않는다. 자신의 부족함을 인정하고 약함을 드러낼 줄 아는 용기를 가진 자만이 기꺼이 첫발을 뗄 수 있다.

이 프로젝트를 시작할 수 있었던 것도 결핍의 힘이 있었기에 가능했다. 프로젝트를 시작하던 스무 살 무렵의 내 모습이 즐겁고 행복하고 만족스러웠다면 아마 이런 복잡한(?) 일들은 벌이지 않았을 것이다.

나는 어쩔 수 없이 일찍부터 생활 전선에 뛰어들었다. 서른 살이 되기 전까지 내가 경험했던 아르바이트를 헤아린 적이 있다. 아마 잠도 오지 않고, 무료했던 어떤 날이었을 것이다. 고등학교 때부터 하나둘 경험한 아르바이트가 무려 서른한 개, 자그마치 서른한 개였다. 나도 일일이 세어 보고는 깜짝 놀랐다.

목도리 장사에서 일식집 서빙까지. 논술학원 보조교사에서 드라마 보조출연까지. 공통분모를 찾을 수 없을 정도로 다양한 스펙트럼을 자랑했다. 사실 이 모든 아르바이트는 체험형이 아닌 철저한 생계형이었기에 즐기며 했다고는 말할 수 없다. 오죽하면 한 친구가 내게 이런 말을 했을까.

"널 알고 나서 지금까지 네가 쓰리잡 안 뛰는 모습을 한 번도 못 봤다."

당시 내 소원도 쓰리잡 말고 투잡만 하며 사는 거였으니 말 다했다. 그런데 학비에 생활비까지 버느라 발바닥이 아프도록 뛰었던 내 알바청춘도 이제 와서 생각해 보니 중요한 가치들을 배운 인생학교의 교육과정이었다. 역시 인생은 반전의 연속이다. 인생의 모든 것이 세상에 대한, 나 자신에 대한 앎의 확장, 즉 공부이고 성장이다. 알바로 이수한 과목만 무려 서른한 개니 얼마나 엄청난가! 돈 주고도 못하는 걸 돈 받고 전부 이수한 셈이다.

다시 결핍 이야기로 돌아와서, 서른 살 전에 서른한 개의 현장 체험은 돈의 결핍이 내게 준 훈장이나 마찬가지다. 불가능을 가능으로 바꾸는 힘은 때론 철저한 결핍에서 나온다. 자신의 인생을 가만히 돌이켜 보면 이 말이 어떤 의미인지 이해할 것이다. 비워진 부분이 결국 나를 채우게 되는 것, 슬픔과 고통이 나를 성장시키는 것, 단점이 장점이 되고, 콤플렉스가 개성이 되는 것, 이런 삶의 역설이 있기에 끝날 때까지 끝이 아닌 것이겠지. 반드시 끝까지 살아 봐야 하는 것이겠지.

101 프로젝트는 완벽한 사람들이 심심풀이로 하는 취미생활이 아니다. 스스로 모자라고 부족하다고 느낄수록 더 재미있게 더 치열하게 해낼 수 있다.

꿈꾸는 곳에 닿기 위한 작은 시작들

자꾸 결핍을 강조하는 이유는 101 프로젝트에 대한 오해를 피하기 위해서다. 돈이 많아야 마음대로 살 수 있다는 오해, 부양가족이 없고 자유로워야 시작할 수 있다는 오해, 아무리 그래도 어느 정도 능력이 되어야 하는 것 아니냐는 오해, 그런 오해들.

돈이 많으면 마음대로 살 수 있는 건 분명하다. 하지만 그 말이 곧 돈이 없으면 마음대로 살 수 없다는 말과 같은 것은 아니다. 사실 돈 없이 시작해야 더 절실하고 재미있다. 적어도 내가 경험해 본 바로는 그렇다. 게임도 어려워야 레벨를 올리는 재미가 있고, 연애도 잘 안 풀려야 더 절절하게 느껴지는 법이다.

그래도 계속 하다 보면 돈이 필요한 일, 내 수준에서 가당치 않은 일들이 걸리게 마련이다. 대체로 그런 결핍을 발판 삼아 돈 버는 일에 눈을 뜨게 된다. 경험, 가치, 매력에 투자하기 위해 물질에 대한 투자를 줄이기도 했다. 멋진 재테크의 시작이었다.

돈이 필요해서 수입을 극적으로 늘려 보겠다는 계획을 세우기도 했다. 주말에는 박람회나 전시회 통역 아르바이트를 했고 과외도 했다. 쓸데없는 곳에는 일절 돈을 낭비하지 않았고 내 도전과 꿈에 경비가 필요하면 일을 늘려 충당해 갔다. 이는 결국 재무목표도 달성하는 계기가 되었다.

부양가족이 없고 자유로워야 시작할 수 있다는 것도 비겁하고 식상한 멘트다. 이 글을 쓰는 현재 나는 어린 아기를 키우고 있다. 이상한 것은 아기가 족쇄처럼 느껴질 때도 있지만 나는 오히려 아기를 낳은 뒤부터 새롭게 하고 싶은 일이 더 많아졌다. 아기와 함께하고 싶은 일도 늘어나 일이 더 커지기도 했다. 부양가족이 있다면 함께할 수 있는 일들을 찾아보면 된다.

자유로워야 시작할 수 있는 게 아니라 시작하면 자유로워진다. 101 프로젝트는 죽기 살기로 꿈을 이루는 프로젝트가 아니라 나답게 살기 위한 목록을 완성시켜 나를 이해하고 행복에 다가서는 것이 목표니까. 게다가 사랑하는 사람과 함께할 수 있다면 더 큰 축제가 될 것이다.

능력이 돼야 하는 것 아니냐는 오해도 참 이상한 말이다. 내 경우에는 능력이 안 되니까 능력을 만들기 위해 시작한 일들이었다. 나의 101 C 프로젝트(101 Challenge Project)는 작가 되기, 중국어 통번역사 되기, 라디오 진행하고 TV 출연하기처럼 당시 친구들에게도 '꿈 깨'라는 소리를 듣는 도전 목록들뿐이었다. 나는 내가 꿈꾸는 그곳에 닿기 위해 이 프로젝트를 시작한 것일 뿐이었다.

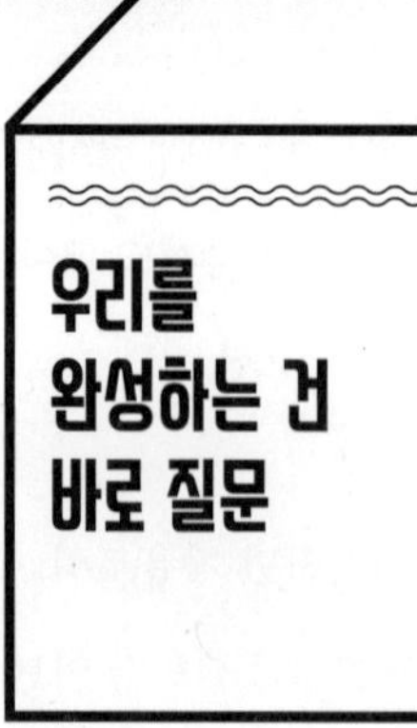

우리를 완성하는 건 바로 질문

질문과 마주하다

정확히 1,211일이 걸렸다. 개월로 따지면 39개월 22일, 주로 따지면 173주가 걸린 셈이다. 정확히 숫자를 기억하는 이유는 물론 기록을 했기 때문이기도 하지만, 그 꿈을 처음 내 삶에 심었던 스물세 살로부터 4년 후, 그것을 이루었기 때문이다.

이렇게 운을 떼고 있으니 꽤나 궁금할 것이다. 그 꿈이 대체 무엇일까? 외무고시라도 합격했나? 로스쿨을 졸업한 건가? 현금 1억 원을 모았나? 미안하지만 전부 틀렸다! 하지만 중요도로 따지면 내겐 외무고시나 로스쿨, 현금 1억 원보다 값지고 의미 있는 것이다. 바로 101가지 질문을 완성한 시간이었기 때문이다(나중에 나는 이것을 101 Q 프로젝트 또는 101 W 프로젝트라고 부르기로 했다. Q는 Question, W는 Why의 약자!).

답을 듣고 실망했다 해도 어쩔 수 없다. 그건 질문의 중요성에 대해 모르는 사람의 반응이라고 생각한다. 삶에서 스스로에게 던지는 질문만큼 중요한 건 아무것도 없다. 아무것도.

스물세 살 무렵, 나는 요슈타인 가아더의 《소피의 세계》라는 책 속에서 이런 구절을 발견했다.

> 네게 중요한 것은 이 세계를 당연하게 생각하는 그런 사람과 달라야 한다는 사실이다.

당시 나는 스물세 살밖에 되지 않았지만 책에서 말하는 '이 세계를 당연하게 생각하는' 그런 사람이었다. 중력의 법칙에 익숙해지면서 당연히 펼쳐지는 당연한 세계만 믿기 시작했다. 그건 인생에 대한 경이감을 잃어 버리는 비극적인 과정이었다. 나는 그저 그런 어른이 되고 싶지 않았다.

그때까지 입으로만 변화, 발전, 꿈을 외쳤지 나 자신에 대해 이해하려고 노력한 적이 얼마나 있었는지 떠올려 봤다. 가장 먼저 "글쎄…"라는 대답이 흘러나왔다. 10대 후반부터 매일 일기를 쓰고, 이런저런 주제의 글을 쓰며 열심히 살았지만 정작 무엇을 위해 열심히 사는 것인지에 대한 생각이 빠져 있었다. 성공하고 행복하고 돈도 사랑도 꿈도 다 갖고 싶다면서도 진짜 성공의 의미가 무엇인지는 생각해 보지 않았던 것이다. 책도 읽고 글도 쓰고 영어와 중국어 공부도 열심히 했지만 정작 '너는 누구니?'라는 질문 앞에 숨이 턱 막혔다. 나는 곧 본질적이고 핵심적인 질문은 회피하고 있다는 걸 깨달았다. 진짜 나에 대해 모르면 아무리 큰 성공도 무의미할 것이다. 아니, 애초에 그런 성공 따위도 찾아오지 않을 것이다.

내 영혼과
결판을 짓는 시간

단 한 시간이라도 조용히 홀로 앉아 스스로에게 질문을 던진 적이 있는가? 질문은 늘 번거롭고 지루하지만, 때로는 고통스럽고 아프지만 그 안에는 엄청난 힘이 숨어 있다. 모든 시작은 질문에서 비롯된다. 빌 게이츠는 '세상 모든 가정에 컴퓨터가 설치되는 것은 어떨까?'라는 질문을 던졌고, 비틀즈는 '세계 제일의 밴드가 되는 게 가능할까?'라고 물었다. 그 밖에 모든 과학과 연구와 기술 발전, 개개인의 작은 소망과 꿈의 실현, 그 시작에는 바로 질문이 있었다.

나는 일단 나 자신을 남처럼 바라보며 질문을 던지기 시작했다. 모든 질문은 일기장에 적어 놓고 논술을 작성해 가듯 열심히 대답을 고민하며 완성했다. 그냥 질문을 던지는 것과 노트에 적는 것은 차이가 컸다. 나는 한 달에 서른 개 이상 질문과 답을 적을 때도 있었고, 3~4개월 동안 전혀 질문을 하지 않은 적도 있다. 질문은 의무감에 품을 수 있는 것도 아니고, 머리를 싸매고 고민을 한다고 해서 떠오르는 것도 아니었다. 하루하루 열심히 살다 보면 어느 날 생각에 제동이 걸리는 날이 있다. 주로 '이게 맞나?' 싶은 날이다. '이렇게 공부하는 게 맞나?', '이렇게 사랑하는 게 맞나?', '이렇게 일하고, 이렇게 꿈꾸는 게 과연 맞나?'라는 생각이 드는 날들.

그런데 질문이 갖는 놀라운 힘은 보통 질문을 한 후에 일어난다. '죽은 후 어떤 사람으로 기억되고 싶니?'라는 질문을 던지다 보면 삶의 최우선 가치들이 저절로 떠오르는 식이다. 그러면 또 사소한 일로 예민하고 소심하게 굴며 낭비하는 시간 때문에 나 자신에게 미안해졌다. 진짜 중요한 일에 대해 물음표를 떠올리고 있는데, 남자친구가 전화를 하지 않았다고 삐져 있는 내 꼴이 금세 우스워지는 식이었다.

그러던 어느 날, 이런 질문을 던졌다. '돈이 안 되어도 기꺼이 할 수 있는 일은 무엇일까? 말하자면 내 인생의 소명은 무엇일까?' 자주 다니던 도서관 창문 사이로 햇살이 한가득 들어와 눈이 부신 그런 날이었다. 그 무렵 모임에서 한 친구가 자기 차를 몰고 나왔었다. 나는 그때까지만 해도 버스비를 아끼려고 서너 정거장은 걸어 다녔었다. 솔직히 그 친구가 부러웠고, 그런 나 자신에게 실망했다. 그리고 그런 감정의 물살을 타다가 오래 꿈꾸던 일, 돈도 밥도 안 되더라도 기꺼이 할 수 있는 일에 대해 다시 고민하기로 했다. 두말 할 것도 없이 글쓰기였다. 글쓰기는 내 삶에 '끝없는 숫자'와 같다는 걸 새삼 깨달았다. 끝없는 숫자란 되든 안 되든 죽는 날까지 끝없이 반복하게 되는 일 또는 할 의향이 있는 일을 말한다. 그런 일을 3초 만에 생각해 낼 수 있는 나는, 부모님에게 차를 선물 받은 그 친구보다 훨씬 행복한 사람임에 틀림없었다.

그런 식으로 떠올리기 시작한 101가지 질문이 나를 완성했다. 성장은 긴 터널처럼 느껴지는 어떤 시간을 통과한 뒤에야 찾아왔다. 나는 어떻게 살고 싶은지에 대한 퍼즐을 완성했고,

무엇에 상처 입었고 무엇을 치유하며 살아가야 하는지에 대한 고민을 해결해 갔다. 물론 질문을 던지고 자신을 관찰하는 과정이 즐겁고 유쾌했던 것은 아니다. 그보다는 뜻밖에 날아든 낯선 감정들에 당황하고 고통스러운 적이 더 많았다. 특히 어린 시절에 사랑받지 못했다고 느끼는 자존감 낮은 어린아이가 내 안에 살고 있었기에 더욱 그랬다.

죽을 때까지 대답하고 싶지 않다며 한동안 마음을 닫아 버린 질문들도 많았다. 스스로 상처의 중심을 건드렸기 때문이다. 아무리 반복해 떠올려도 절대 답을 찾고 싶지 않은 질문도 있었다. 그건 콤플렉스를 직격으로 강타했다는 의미와 같다. 절대로 웃어넘길 수 없는 일, 그게 바로 콤플렉스니까.

어찌 되었든 나는 많은 질문들을 던졌고, 1211일간 답을 찾아 헤맸다. 질문은 지금도 진행 중이다. 역설적이게도 질문을 모두 마친 날에 이르러 질문에는 마지막이 없다는 것과 마지막이 있으면 안 된다는 사실을 깨달았다. 아인슈타인의 말처럼 삶이 끝날 때까지 신성한 호기심을 잃어 버리지 말아야 한다. 앞으로 처음 만나는 나도 있을 것이고, 아무리 봐도 적응되지 않는 나도 마주칠 것이다. 우리가 자신과의 대화를 멈추지 말아야 하는 이유는, 놀랍게도 우리 영혼은 이미 모든 답을 (그것도 최상의 답을) 알고 있기 때문이다.

정말 중요하다고 생각되는 질문을 스스로에게 던져 보라. 그게 무엇인지는 각자 알고 있다. 누구도 자신을 대신해 중요한 질문 목록을 작성해 줄 수 없다. 죽도록 슬픈 질문, 죽을 만큼 설레는 질문, 무엇이든 다 좋다. 살기 싫게 만드는 질문도, 살고 싶게 만드는 질문만큼 중요하다. 내 안으로 저벅저벅 걸어 들어가 내 영혼과 결판을 짓는 시간, 인생에는 누구나 반드시 그런 시간이 필요하다.

제4장

인생이 즐겁거나 조금 더 즐겁거나

한방에 훅 간다.
아니다. 한방에 훅 가지 않는다.
수많은 시간 서서히 이루어진 것이다.
헨리 데이비드 소로우의 말을 빌리자면,
지켜보는 이도 없고, 상벌도 없는
평범한 나날 속에서 우리가 어떻게 먹고 마시고 잤으며,
작은 시간들을 어떻게 쪼개 썼느냐에 따라
앞으로 우리에게 어떤 권위와 능력이 주어질지 정해진다.

_ 정혜윤, 《뜻밖의 좋은 일》

일명 방구석 버킷리스트

일상에서 혼자 여행하는 법

아기를 낳으니 국내여행도 쉽지 않다. 심지어 옆 도시, 아니 그보다 집 근처에서 친구를 만나는 것도 모두 일이고 미션이 된다. 그러면서도 매번 짐을 싸서 집을 나서는 나도 신기한데, 나라는 사람에게는 힘든 일일수록 도전하고 성취를 느끼는 몹쓸 성향이 있다는 걸 잘 알고 있다.

두 돌도 되지 않은 아이를 아기띠로 들춰 업고 광저우, 마카오, 홍콩, 타이베이, 발리를 여행했다. 국내를 구석구석 돌아다닌 것은 말할 것도 없다.

나는 명품백이나 옷에는 관심이 없다. 추억, 낭만, 행복, 발전처럼 나를 끌어올리는 가치에 투자하는 것이 훨씬 즐겁다. 여행도 그중 하나. 나는 아이도 그렇게 키울 생각이다.

"너 자신이 명품이니 허울만 명품으로 치장하지 마. 누구도 훔쳐 갈 수 없는 가치들에 돈을 써."

말을 뱉어 놓고 보니 여행을 싫어하는 사람이 있을까 싶다. 나도 여행을, 더 정확히는 여행이 주는 느낌들을 사랑한다. 처음 들어선 골목에서 느끼는 낯선 감각, 호텔의 편안함과 안락함, 성찰과 사유로 채워지는 혼자만의 시간들, 이국의 풍경이 선사하는 낭만과 매력처럼 여행이 주는 행복은 책 한 권으로도 모자라다. 거짓말을 조금 보태자면, 아기를 데리고 여행하는 일은 걸어서 국토 종단을 하는 것만큼 고단하다. 하지만 어쩌나? 콧구멍에 바람 넣고 싶은 마음, 새로움에 노출되고 자꾸만 어디론가 탈출하고 싶은 기분을 나는 무엇보다 사랑한다. 그래서 나는 일상 속에서 혼자 여행하는 방법을 고민하기로 했다. 매일 비행기 티켓을 끊을 수는 없어도 매일 여행하는 마음으로 살아갈 수는 있지 않을까 싶었다.

내 성격 중 가장 기특한 부분은 바꿀 수 없는 상황을 맞닥뜨리면 쉽게 단념해 버리거나 머리를 최대한 굴려서 다른 대안을 찾고 자기합리화하는 것이다. 이건 내가 자주 쓰는 '행복의 기술' 중 하나인데, 그 유명한 AA모임(익명의 알코올중독자모임)의 기도문에도 이런 구절이 있다.

'바꿀 수 없는 것을 받아들이는 평정과, 바꿀 수 있는 것을 바꾸는 용기와, 그 차이를 아는 지혜를 얻게 하소서.'

일상을
여행지로

먼저 내가 왜 여행을 가고 싶은지, 여행지에서의 어떤 것이 나를 행복하게 만드는지를 생각해 봤다. 그 답은 의외로 간단했다.

혼자만의 시간.
자유로움.
낯선 경험.

이것들을 일상에서 해결하려면 어떻게 해야 할지 생각해 보니 그 또한 간단했다. 일상을 나만의 여행, 집을 여행지로 만들면 되겠다 싶었던 것이다. 이게 무슨 말장난이냐고 생각하는 사람은 속는 셈치고 그냥 따라 해 보면 안다. 너무 지루하고 심지어 불행하기까지 해서 지푸라기라도 잡고 싶은 사람이라면 더욱 좋다.

추적추적 비가 내리는 날이면 나의 여행은 더욱 근사해진다. 힘들게 짐을 쌀 필요도 없이 노트북이나 노트 한 권과 따뜻한 차 한 잔을 준비하고 노란 전등을 켠다. 일상에서 떠나는 짧은 여행은 이렇게 시작된다. 고요함, 자유로움, 혼자만의 시간, 새벽이 주는 낯선 감각, 은밀함, 행복, 내면의 풍요… 이런 것들을 나는 일상의 여행을 통해 전부 얻었다.

나는 한 시간 동안 올 하반기 계획을 점검해 봤고, 출판사에 보낼 글을 조금 수정했으며, 가만히 공상에 잠기고 창밖을 바라보며 살짝 졸기도 했다. 인터넷 뉴스를 읽고, 좋아하는 소설책도 두어 장 읽었다. 마치 여행지의 낯선 숙소에서 여유를 즐기는 것처럼 말이다.

감각적이고 새로운 느낌이 필요할 때는 집 안 가구 배치를 바꾼다. 식탁을 돌려서 놓아 보고, 책상을 거실로 옮겨도 본다.

새로운 사람이 보고 싶으면 어떻게 하냐고? 유튜브나 인스타그램에서 라이브방송을 하거나 카페나 블로그에서 누군가와 소통해도 얼마나 재미있는지 모른다.

집이 여행지가 되고 일상이 여행이 되는 것, 생각만큼 복잡하지 않았다. 역시나 모든 것은 생각하기 나름이고 마음먹기에 달려 있다.

《오즈의 마법사》 속 도로시의 대사는 과연 명언이었다.

"내 마음이 원하는 것을 찾아 또다시 떠나고 싶어지면, 나는 다른 어디도 아닌 뒷마당을 돌아볼 거예요. 그곳에 없다면 애초에 잃어버린 적도 없을 테니까요."

하루 30분,
나만의 해피타임

아예 하루 30분씩 정해 놓고 나만의 해피타임으로 만들어도 좋다. 무슨 일이 있어도 오전 10시부터 10시 반까지는 나만의 시간이라고 온 가족에게 선포하고 내가 즐거운 일을 하는 거다(평일이 힘들다면 주말에 두 시간씩).

두 아들을 키우고 회사를 운영하면서 대학원까지 다니는 슈퍼우먼인 내 지인은 매일 퇴근 후 카페에 혼자 앉아 있는 30분이 자신의 모든 일을 할 수 있는 원동력이라고 했다. 그는 집에 돌아가면 돌봐야 할 아이가 둘인 것도 모자라 남편이라는 큰 아이 하나까지 있다고 한다. 어찌 보면 직장보다 더 힘든 시간을 보내야 할 것이다. 혼자인 시간이 턱없이 부족한 것은 말할 것도 없고.

나만의 해피타임은 사회와 타인에게서 받은 스트레스를 가족에게 풀지 않기 위해서, 창의적이고 기발한 계획과 실행을 위한 아이디어를 위해서, 누구보다 나 자신의 행복과 진정한 쉼을 위해서 누구나 반드시 가져야 하는 시간이다.

매년 혼자서 떠나는 1박 2일의 여행을 꼭 빼먹지 않는다는 이웃 블로거도 있었다. 결혼한 30대 여성인 그녀는 1년 내내 가족에게 헌신하고 직장에 얽매여 있어도 1년에 한 번은 나만의 시간을 가진다고 했다. 일상에서도 나만의 의식을 꼭 만들어야 한다. 글을 쓰든, 친한 친구와 대화를 하든, 숨이 차도록 운동장에서 뛰든, 요가 매트를 깔고 명상에 잠기든, 욕조에 물을 가득 채워 손가락이 쭈글쭈글해질 때까지 누워 있든. 일상의 풍요를 만끽할 수 있다면 무엇이든 좋다. 카프카도 말했다. 일상이 우리가 가진 인생의 전부다.

나를 더 나답게 만들어 주는 일상의 의식. 나를 더 행복하게 만들어 주는 1년간의 의식. 아직 그런 의식을 갖지 않은 분들은 지금부터 진지하게 고민해 보시길!

일상을 여행처럼, 인생을 영화처럼 살고 싶다. 흑백무성영화처럼 지루하거나 할리우드 3D영화처럼 판타스틱하고 기상천외한 인생이 아니라, 영국 로맨틱 코미디 영화처럼 잔잔하고 즐거운 인생을 누리고 싶다. 지루한 하루하루를 웃으며 살기 위해 나는 아이를 낳고서 굳어진 나쁜 머리를 굴리면서 오늘도 최선을 다해 본다.

자, 오늘은 뭐 하고 놀지?

오늘 행복은 이것으로

죽고 싶다는 생각이 온종일 머릿속을 헤집고 다니던 날들이 있었다. 아직 서른 살도 안 되었는데, 그냥 내 인생 전체가 실패했다고 생각했다. 모든 게 엉망진창이었다. 집안도 엉망진창, 꿈도 미래도 엉망진창. 사랑도 실패하고, 친구들도 떠나갔다. 너무 외롭고 괴로워서 잠도 제대로 잘 수 없는 시간들이 한동안 이어졌다.

어떤 미국 작가의 표현처럼 세상이 칼날처럼 날카로워서 누군가를 만날 수도 없고, 바깥으로 나갈 수도 없었다.

그날은 밤 늦도록 많은 질문과 (주로 피해의식에 찌든) 공상으로 잠을 뒤척이고 있었다. 그러다 문득 이런 생각이 들었다.

'그렇게 불행하다면서 넌 지금까지 행복해지기 위해서 뭘 해 봤는데?'

머릿속에서 벼락이 치는 것처럼 쿵쿵 울렸다. 생각해 보니 그때까지 내가 행복을 위해 한 일은 아무것도 없었다. '인생이 불행해.', '일상이 지루해.', '모든 게 불안하고 짜증나.'라고 쉴 새 없이 중얼거리면서도 거기서 벗어나기 위해 노력해 본 적은 없었다. 오히려 삽을 들고 땅을 더 깊게 파서, 아예 불행의 늪에 내 영혼을 처박아 버리는 꼴이었다.

그날 밤, 행복 리스트라는 걸 작성해 봤다. 엄밀히 말해 '이걸 하면 조금은 나아지겠지 리스트'였다.

성경을 완독하기, 완독 후 전체 필사해 보기

어디든 바로 표를 끊고 즉흥여행 떠나기

친구에게 서프라이즈 선물하기

부모님께 손편지 쓰기

맑은 날 하늘이나 구름사진 찍기

고급 마사지나 피부 관리 받아 보기

인생 18번 곡 정하기

10년 후 나에게 편지쓰기

아침에 처음 보는 사람을 위해 기도하기

해외에서 새해나 크리스마스 맞기

누군가의 소원성취 돕기

리스트를 작성하면서 내가 가진 생각은 '아, 행복해~'라기보다 '이걸 다 해 봤는데도 죽고 싶다면 그때 가서 죽자!'였다.

행복도 꿈처럼
노력이 필요해

행복이란 언젠가 저절로 찾아오는 거라고 여겼다. 행복에 노력이 필요하다는 생각조차 해 본 적이 없었다. 그게 내 행복을 가로막던 가장 큰 장애물인 줄 몰랐다.

그날 이후 나는 일상에서 매일 '오늘의 행복 아이템'을 골랐다. 오늘은 집에 가는 길에 화초를 사야지, 오늘은 구름을 3분간 올려다볼 거야, 오늘은 친구에게 책을 한 권 선물해야지….

대단하거나 어려운 일은 하나도 없었다. 항상 내 곁에 있어 왔지만 발견하지 못했던 것들에 현미경을 들이댄 게 전부다. 인생은 디테일의 기술이라는 말이 맞다. 아주 정밀한 현미경으로 나 자신과 나를 둘러싼 것들을 자세히 들여다봐야만 한다. 그런 의미에서 행복은 발견이라는 걸 배웠다.

지금까지의 삶이 진짜 행복하지도, 진심으로 만족스럽지도 않았다면 지금까지의 정형화된 방식이 나에게 통하지 않는다는 뜻이다. 취업하면 행복하겠지, 결혼하면 나아지겠지, 연봉이 딱 2천만 원만 오르면, 내 집 마련에만 성공하면…. 세계적인 영성가 디팩 초프라는 행복의 이유가 언제든 사라질 수 있기 때문에 조건부 행복은 비참함의 다른 형태일 뿐이라고 했다. 우리에게 필요한 것은 언제나 그림자처럼 곁에 있는 행복을 찾아내는 것이다. 사소한 용기, 성실, 작은 노력과 열정이 전부다. 지금 얼마나 외롭고 궁색하고 초라한지에 초점을 맞추면 내가 바라는 행복의 조건을 영원히 찾을 수 없다. 진정한 행복에는 원인이 없다. 우리 본연의 상태가 바로 행복이니까. 내가 존경하는 앤소니 드 멜로 신부님도 행복에 대해 이렇게 이야기했다.

"행복해지기를 원한다면 먼저 당신에게 필요한 것은 노력이나 호의나 좋은 의도가 아니라 얼마나 당신이 정확하게 틀에 맞춰져 왔는지를 분명하게 이해하는 것이다. 당신에게 다음과 같은 일들이 일어난다. 당신이 속한 사회와 문화는 당신에게 어떤 사물이나 사람이 없으면 행복해질 수 없다고 믿도록 가르쳤다. 주위를 한번 둘러 보자. 실제로 세계 곳곳의 사람들이 돈, 권력, 성공, 인정, 명성, 사랑, 우정, 영성, 신 등이 없이는 결코 행복해질 수 없다는 검증되지 않은 믿음 위에 그들의 삶을 구축하고 있다."

검증되지 않은 믿음. 그러한 허깨비 같은 믿음 위에 성을 쌓았다면 반드시 자기 손으로 그것을 부숴야 한다. 또한 자신에게서 사라지면 불행할 것이라 여겼던 것들이 없어도 잘 먹고 잘 사는 모습을 스스로에게 보여 줘야 한다. 우리는 일생을 통해 이유 없이 행복해지는 법을 익혀야 한다.

행복을 발견하는 것은
몸을 돌보는 일과 비슷

내게 가성비 만점의 행복 중 하나는 햇빛 속을 걷는 일이다. 돈 한 푼 들이지 않고도 순식간에 나를 황홀하게 만들 수 있기 때문이다. 기분이 조금 울적하다 싶으면 여지없이 햇빛 속을 걷곤 한다. 하지만 예전에는 이런 단순한 일이 나를 행복하게 만들 거라고 상상도 못했다. 자외선 차단제를 잔뜩 바르고 모자를 쓰고도 기미 주근깨를 걱정했으니까. 어떤 일이든 일단 시도해 봐야 나를 즐겁고 행복하게 만드는 일인지 아닌지를 알 수 있다는 의미에서 행복은 용기와도 같은 의미다.

언젠가 책에서 달라이 라마의 이야기를 읽고 갈무리해 둔 적이 있다. 온 세상에서 가장 행복한 티베트의 영적 지도자는 행복을 발견하기 위해 오직 한 가지 열쇠만 있다고 생각해선 안 된다고 말했다. 행복을 발견하는 일은 몸을 돌보는 일과 비슷하다면서, 건강한 몸을 지키기 위해 다양한 비타민과 영양소를 필요로 하듯 행복 역시 그렇다는 것이다. 그 구절을 읽으며 내가 지금 나의 행복을 위해 공들이는 이 수고가 헛된 것이 아니라는 위안을 얻었다.

내가 생각하는 행복은 또한 습관이나 마찬가지다. 매일 행복한 일을 선택하다 보면 어느 날부턴가 이를 닦고 세수를 하는 것만큼 익숙한 습관이 되기 때문이다. 우리가 매일 사랑하는 일들을 아주 조금씩이라도 반복해야 하는 이유가 여기에 있다.

세상에 쓸모없는 일은 없다

사소하고 하찮은 일에서 벗어나고 싶을 때

스물세 살에 중국에서 대학을 졸업하고 혼자 한국으로 들어왔다. 당연히 앞으로 먹고 살 길이 막막해 아르바이트 자리부터 알아보기 시작했다. 나이는 어리고, 할 줄 아는 건 중국어밖에 없었다. 게다가 아는 사람 하나 없는 낯선 도시에 덩그러니 남겨졌으니 모든 것을 0부터 시작하게 된 셈이다. 나는 실제로 그때 거울을 보며 나 자신에게 이런 말을 자주 했다.

"괜찮아, 너는 지금 0살이야. 인생을 새롭게 시작하는 거야."

한국에서 대학을 다닌 친구들은 이미 취업에 필요한 자격증을 취득하고, 학교마다 찾아오는 취업설명서를 들으며 많은 준비를 한 상태였다. 취업시장에서 그들을 이기기 힘들 것이라고 예상하고 있었지만, 막상 현실에 발을 담그자 결과는 더욱 참혹했다. 서류전형에서는 '광탈', 어쩌다 잡힌 면접에서는 '전패'. 그때 나를 참 많이 돌아보게 된 것 같다.

행복리스트나 도전리스트도 경제적인 면이 조금은 풀려야 다시 들여다볼 수 있겠다는 결론을 내리고 대대적인 '머니플랜'을 짜기 시작했다. 그 당시 나는 세상에서 세 번째로 부지런한 영혼이었다. 왜 굳이 세 번째라고 정했는가 하면, 나보다 좀 더 부지런한 사람이 지구상에 두 사람 정도는 더 있겠지 싶었다. 하지만 분명 TOP3 안에는 들 것이라 확신했다.

대학원 입학을 준비하며 주중에도 아르바이트를 두세 개나 하고, 주말에는 전시회나 박람회에서 중국어 통역을 하거나 번역일을 했다. 한번은 새벽시장에서 카트를 밀고 다니며 아이스크림을 판매한 적도 있다. 학습지 교사도, 옷가게 점원도, 중국어 과외도, 설문조사나 좌담회 참석도 해 봤다.

보습학원에서 중학생들에게 한자를 가르친 적도 있었다. 당시 나는 늦은 오후까지 한자를 가르친 뒤 저녁에는 프랜차이즈 빵집에서 파트타임으로 일했다. 매일 전투 같은 일정을 치르며 배터리가 완전히 방전된 상태로 집에 기어들어 왔다. 그날도 여느 때처럼 일을 마치고 늦은 밤 현관문을 열었는데 갑자기 눈물이 주체할 수 없을 만큼 쏟아지기 시작했다. 울음은 가속도가 붙어 나중에는 아예 주저앉아 한참을 목 놓아 울었다. 아마도 '언제까지 이렇게 고단하게 살아야 할까?' 하는 한탄이 섞인 눈물이었을 것이다. 100년이 지나도 형편이 나아지지 않을 것 같았고, 쓸데없는 육체노동만 반복하다 인생을 마감할 것 같았다.

가장 견디기 힘든 것은 내가 하고 싶었던, 좀 더 그럴 듯하고 근사한 커리어 근처에도 가지 못하고 삶을 낭비하고 있다는 생각이었다. 나 자신에 대한 실망감을 감출 길이 없었다. 대단한 위인까지는 기대하지 않았어도 이렇게 쓸모없는 어른이 될지는 상상도 못했으니까. 나는 시간이 아주 많이 흐른 뒤에야 깨달았다. 세상에 쓸모없는 일은 없다는 사실을. 오직 그 일을 쓸모없다고 여기는 사람만 있을 뿐이다.

몇 해 전 '직장인 바이블'로 불리며 촌철살인의 대사로 많은 사람들의 마음을 울린 드라마 〈미생〉이 신드롬을 일으켰었다. 바둑이 인생의 모든 것이었던 주인공 장그래는 프로입단에 실패하고 무역상사에 낙하산으로 입사하면서 세상과 사회를 상대로 힘겨운 사투를 벌인다. 고졸 검정고시 출신의 계약직 사원. 그가 동기들 사이에서 얼마나 처절한 버티기를 할지는 드라마나 웹툰을 보지 않아도 상상이 될 것이다. 드라마 중반부에는 나를 멈칫하게 만든 대사가 등장한다. 동기들에게 밀려 힘겨워하는 장백기를 향해 강대리가 전하는 조언이었다.

"남들한테 보이는 건 상관없어요. 화려하지 않은 일이라도 '필요한' 일을 하는 게 중요합니다. 우린 안 보일 수도 있지만 존재하지 않는다고 생각하면 안 됩니다."

아무리 하찮아도 필요한 일을 하는 것이 중요하다는 말이 가슴에 와서 제대로 꽂혔다. 세상엔 사소한 일을 간과하고서 얻을 수 있는 대단한 일이란 하나도 없다. 남들이 뭐라고 판단하든 그건 하나도 중요하지 않다. 그 일을 하지 않으면 절대로 다음 단계로 넘어갈 수 없다면, 그것이야말로 가장 중요하고 필요한 일일 테니까.

지금 당신이 하고 있는 그 일이 하찮고 별 볼 일 없는 일인지 아닌지는 아무도 모른다. 당신이 형편없다고 생각하는 그 일이 뜻하지 않은 행복과 기회를 안겨 줄지도 모를 일이다. 지금 하고 있는 일이 사소하고 지겨울 때는 이렇게 생각해 보면 어떨까?

하나, 이 일은 큰일을 하기 위한 작은 계단이다. 작은 일도 못하는 사람에게 큰일은 영원히 주어지지 않는다.

둘, 소소한 행복과 즐거움은 소소한 일에서 온다. 나중엔 이 시간을 눈물 나게 그리워할지도 모른다.

경험 앞에 붙는 수식어

세상에는 두 종류의 지출이 있다. 전자는 가방, 신발, 옷이나 집, 장신구 같은 물질에 대한 지출이다. 후자는 영화나 뮤지컬 관람, 여행, 목공예 배우기, 스피치 프로그램 이수 같은 경험과 가치에 지출하는 것이다. 나는 20대 시절에 10원짜리 하나까지 파악할 정도로 수입과 지출을 완전히 통제하며 살았다. 매일 가계부를 작성하고, 꼬박꼬박 적금을 들었다. 그렇게 모은 돈의 8할은 앞에서 설명한 경험과 가치에 지출했다. 좋은 가방이나 드레스처럼 당장 나를 빛내 줄 수는 없지만 5년 후를 위한 투자, 즉 재테크의 일환이라고 여겼다.

지금의 인생이 리허설이라면 다음 생을 기약하고 미뤄 둘 수 있는 것이 많을지도 모른다. 하지만 지금이 아니면 다시는 기회를 잡을 수 없는 것이 바로 '현실'이다. 그런 생각으로 지금까지 정말 많은 일을 직접 부딪쳐 왔다. 온몸을 던져 경험하지 않은 일은 '허상'이라고 여겼다.

나는 마치 관광객처럼 나의 삶을 살다 가고 싶었다. 반짝거리는 눈빛으로 '오늘은 어디서 무엇을 하며, 누구를 만나 행복한 추억을 쌓을까?'를 고민하는 관광객 말이다.

게임 〈월드 오브 워크래프트〉에 아주 적절한 카피가 나온다.

마지막으로 모험을 떠나 본 게 언제인가?

크고 작은 모든 모험과 경험들은 내 영혼을 진화시켰다. 삶에는 정말 많은 불가사의한 비밀과 모험이 담겨 있었다. 수많은 직·간접적 경험들을 통해 나는 어떤 사람과 어떤 대화에 참석해서도 공감할 수 있었고, 경험과 경험이 부딪히는 지점에서 열리는 새로운 문 너머로 많은 것을 들여다볼 수 있었다. 세상에

버릴 경험이란 단 하나도 없었다. 아니 애초에 경험 앞에 '버릴' 이란 수식어가 붙는 자체가 모순이다.

5개의 학위, 30개의 자격증

나는 매우 특이하게도 대학을 졸업하고 공부에 미치게 된 경우다. 대학 졸업 이전의 공부가 시험이나 취업 같은 특정 목표를 위해 영혼 없이 책상 앞을 지키던 공부였다면, 대학 졸업 이후의 공부는 아무도 시키지 않았지만 너무 재미있어서 시작한 자발적 공부였기 때문이다.

2006년, 대학원에 입학했다. 중국에서 대학을 졸업했지만 모든 면에서 너무나 부족하다고 느껴졌다. 실전에서 익힌 생활 중국어에는 자신 있어도 고급번역이나 중국문화를 이해하는 데 필요한 고대·현대문학사 등을 깊이 있게 배우고 싶었다. 대학원에 다니는 동안 학과 조교로 일하면 학비가 면제된다는 이야기를 듣고는 바로 신청했다. 다행히 졸업 전까지 출퇴근하는 일자리가 주어졌고 학비를 감면받고 마음 놓고 공부할 수 있는 학생이 되었다.

이후 자격증과 수료증을 여러 개 취득했다. 중국어시험, 한자능력시험, IT 관련 자격증도 따고, 독서심리상담사나 미술심리상담사와 같은 민간자격증도 몇 개 추가했다. 삼성전자에서 일하던 시절에는 6개월간 퇴근 후 수원에서 삼성동까지 번역수업을 들으러 다녔다. 합격만 하면 거의 무료에 가까운 비용으로 통번역대학원 수준의 고급 번역수업을 들을 수 있는 한국번역문학원에서 공부했다. 그 사이 크고 작은 공모전에도 도전해 몇 차례 입상했고, 2009년에는 '서정문학'이라는 단체에서 단편소설로 신인문학상도 탔다. 정말 뜨겁게 살았다. 단 하루도, 한순간도 헛되이 보내지 않으려고 끊임없이 노력했다.

그리고 2017년, 결혼을 하고 아이도 생겼지만 다시 학생이 되었다. 수강신청을 마치고 설레는 마음으로 첫 수업을 기다리면서 나는 결국 돌아올 자리로 돌아왔다는 생각이 들었다. 아무리 할 일이 많고 바빠도 학생이라는 신분은 포기할 수 없었다. 상대적으로 시간과 공간의 제약을 덜 받는 사이버대학교에 진학하기로 했고 항상 공부하고 싶었던 분야인 상담심리학을 공부하게 됐다. 평소 궁금증을 갖고 간절히 원했던 공부였기 때문일까? 아이를 재우고 틈틈이 듣는 수업은 스트레스가 풀릴 정도로 꿀맛이었다.

상담심리학을 공부하면서 나는 또다시 결심했다. 남들이 뭐라고 해도 나는 '평생 학생'으로 살겠다고. 이건 내가 죽을 때까지 갖고 있을 타이틀이 될 것이다. 심리학 공부를 마치면 문화인류학이나 영문학을 공부하고, 일본어나 스페인어도 유창하게 말하고 싶어졌다. 나이가 들어 불어 소설을 원서로 읽는 할머니가 된다면? 손주들을 위해 내가 쓴 동화책을 읽어 주는 팟캐스트를 운영한다면? 상상만으로도 입 안 가득 마시멜로를 문 기분이다. 세 번째 학위로 상담심리학을 선택했듯 또다시 네 번째, 다섯 번째 학위를 취득해 나의 전문 분야를 다섯 개로 만든다는 생각도 나를 천국에 데려다줄 만큼 행복하고 짜릿하게 만든다.

'평생 학생'이라는 목표로 자격증과 수료증을 열다섯 개쯤 더 취득해서 서른 개를 채우는 것도 인생의 커다란 꿈이고, 101 C

프로젝트(101 Challenge Project)를 차지하는 한 줄이다. 누군가에게 보여 주려거나 돈벌이로 활용할 목적은 아니다. 그저 죽을 때까지 꿈꾸고 성장하고 싶기 때문이다.

"너 어디까지, 얼마나 최선을 다해 봤니?"라는 스스로의 질문에 "응, 이걸 좀 봐."하며 내밀 수 있는 최소한의 증거(?)를 하나쯤 가져 보는 것. 그것만큼 가슴 설레는 일이 있을까.

공부가 바로 인생의 터닝포인트

인생이 지루하거나 허무하게 느껴질 때마다 나는 항상 같은 속도로 뛰어가는 언니들에게 데이트 신청을 한다. 일하고 아이를 키우면서 국가고시를 준비하거나(그들은 심지어 몇 차례 고배를 마셔도 아랑곳하지 않는다), 5년 후를 위해 아주 조금씩 '꿈보험'을 저축하는 언니들! 매일 같은 시간에 일어나 책을 읽고 글을 쓰고, 출근 전에 헬스장에 가서 운동을 하고, 퇴근 후에는 영어공부에 전념하는, 독하지만 매력 넘치는 언니들 말이다. 그녀들의 삶을 아주 살짝이라도 엿보고 나오면 뭐든지 다시 시작해 봐야겠다는 결의가 저절로 생긴다. 오늘을 어제보다 좀 더 나은 날로 만들어 주는 어떤 배움이라도 상관없다. 매일 조금 더 지혜로운 사람이 되겠다는 마음만 가진다면 그걸로 이미 충분하다.

우리 사회는 서른 살이 넘은 사람들을 100개의 가능성 중에 90개가 이미 사라진 상태로 보는 경향이 있다. 대학도 전공도 회사도 정해지고, 누군가는 결혼해 배우자도 아이도 이미 정해진 상태니까. 그런데, 그럼에도 말이다. 단, 10개의 가능성이라도 남아 있다면 우리는 전혀 다른 인생궤도를 선택할 수 있다. 만약 놓쳐 버린 것이 있다면 신경 끄고 남아 있는 가능성에만 집중하면 된다. 그런데 전혀 다른 인생을 만들어 주는 것은 다름 아닌 공부다. 매일의 책읽기나 글쓰기. 하루 30분의 외국어나 컴퓨터 자격증 공부 같은 것. 재테크로 자산을 불리고, 전공을 바꿔 해외취업이나 창업에 도전하는 것도 모두 공부가 뒷받침되어야 한다. 많은 사람들이 그토록 간절히 바라는 인생의 터닝포인트는 대단하고 거창한 혁신이 아니라 매일의 공부습관이 만들어 내는 것이다.

공부를 예술로 승화시킨 늦깍이 수학자의 《학문의 즐거움》이라는 책을 재미있게 읽은 기억이 있다. 저자인 히로나카 헤이스케는 공부와는 거리가 먼 시골 상인 집안의 열다섯 남매 중일곱째로 태어났다. 그의 공부역경만큼 그의 인생역경도 참으로 드라마틱하다.

그는 자신처럼 상인으로 살기를 바라던 아버지 때문에 대학 입시를 일주일 앞두고도 밭에서 거름통을 들고 다니며 일을 했다. 입시공부는 숨어서 해야 했다. 누가 알았겠는가? 거름통 들고 다니던 시골촌뜨기가 세계 최고 대학의 교수가 되어 수학의 난제 중 하나를 해결할 학자가 되리라고. 어쨌든 그는 열심히 공부해서 교토대학에 입학했다. 하지만 학비와 숙식비를 벌기 위해 가정교사로 일하고 1.5평 되는 방에서 살면서 학부에서 대학원까지 총 7년간 사과상자로 만든 책상에 앉아 공부했다. 여기까지는 성공한 사람의 비슷한 고생담이라고 넘겨 버릴 수도 있다.

하지만 그의 책이 특별히 기억에 남는 이유는 누구나 품어 봤을 공부에 대한 의문을 그가 시원하게 해결해 주기 때문이다. 바로 '시험만 끝나면 잊어버릴 공부를 왜 힘들게 해야 하지?'라는 의문이다. 그는 말한다. 우리가 무언가를 배워 나가는 과정에서 눈에 보이지 않지만 살아가는 데 있어 매우 중요한 것을 만들어 가고 있다고. 그것은 바로 지혜다. 지혜를 만들어 가고 있는 한 배운 것을 잊어버리는 것은 손해가 아니다. 어떤 배움이든 언젠가는 써먹을 날이 오게 된다. 혹시 써먹지 못하더라도 이미 지혜의 너비를 확장시켰으니 인생을 살아가는 데 꼭 필요한 길을 탄탄하게 다진 셈이다.

공부를 한다는 건 한없이 꿈을 꾼다는 뜻이기도 하다. 내 안에 잠자고 있는 전혀 다른 나를 찾아내거나 흔들어 깨우는 것도 공부를 통해 가능해진다. 내가 바라는 사람이 되는 가장 확실한 방법은 배우는 것이다. 와인이든 뜨개질이든 스피치든 명상이든, 무엇이든 상관없다. 땀 흘릴 가치가 없는 분야란 존재하지 않으니까. 리처드 바크의 소설《갈매기의 꿈》에는 이런 구절이 있다.

> 지금 이 삶에서 어떤 배움을 얻는가에 따라 우리는 우리의 다음 삶을 선택한다. 아무런 배움도 얻지 않는다면 그 다음 삶 역시 똑같은 것일 수밖에 없다. 똑같은 한계, 극복해야 할 똑같은 짐들로 고통받는…. 배우고 발견하고 자유로워지는 것. 그것보다 더 큰 삶의 이유는 없다.

나의 공부이력서를 새롭게 작성해 보는 것도 좋은 일이다. 나라는 가능성에 꽃을 달아 주는 것이다. 절대 부러지지 않을 날개를 장착하는 것이다. 사회라는 정글에서 강력한 버팀목이 되어 줄 무기를 준비하는 것이다. 톰 피터스는 말했다. 당신의 작년 이력서가 올해와 같다면 당신은 이미 실패한 사람이라고. 어떤 이력이든 나의 올해 이력서에는 작년에 비해 달라진 이력이 적혀 있어야 한다. 나는 매년 이력서를 새롭게 갱신하는 사람이 되고 싶다. 아무리 위대한 것이라도 그 시작에는 작은 배움과 함께하는 한 걸음이 있는 것을 잘 알기에, 느릴지라도 확실한 발걸음을 떼어 결국 새로운 세계에 발을 딛고 싶다.

세계여행 프로젝트

누구나 그렇겠지만 내 삶에도 잊히지 않는 몇 개의 장면들이 있다. 언제든 아주 생생하게 되감기를 할 수 있는 그런 순간들.

2010년 8월이었다. 당시 나는 방콕 카오산로드에 위치한 노천 식당에서 혼자 볶음밥을 먹고 있었다. 나는 그해 1월부터 매일 이력서를 쓰며 취업 준비 중이었다. 아르바이트를 여러 개 하고, 밤마다 취업사이트를 뒤지며 이력서를 작성하고, 운 좋게

서류전형에 붙어서 면접을 보기도 했다. 결과는 전패. 그렇게 반 년 가까이 단 하루도 쉼 없이 전력질주를 하던 어느 날, 모든 것에 '일시정지' 버튼을 누른 뒤 가방을 꾸리고 통장에 든 돈 전부(라고 해 봤자 200만 원도 안 되는 돈이었지만)를 뽑아서 방콕으로 날아가 버렸다. 그게 전부였다.

당시 내 여행의 유일한 계획은 '계획 없이 여행하기'였기 때문에 정말 아무 준비도 없이 그냥 태국으로 왔다. 태국을 선택한 이유도 특별한 게 없었다. 말도 안 되는 땡처리 티켓을 발견했기 때문이다. 나는 보름간 태국 방콕과 코따오, 베트남 호치민과 하노이를 돌며 16명씩 한 방에 묵는 가장 저렴한 게스트하우스를 전전하며 지내고 있었다. 돈이 모자라면 하루에 한 끼만 먹기도 했고 대만, 홍콩, 한국 친구들을 만나 조금씩 돈을 모아 함께 다니기도 했다.

그날, 혼자 볶음밥을 먹다가 갑작스럽게 폭우를 만났다. 밤 10시에 가까운 시간이었다. 순식간에 슬리퍼 위로 빗물이 튀어 올랐고, 허술하게 쳐 놓은 비닐 지붕 밑으로 빗물이 떨어져 볶음밥이 흥건해졌다. 배는 고팠고 몸은 피곤했기에 짜증이 솟구쳤다. 그런데 잠시 후 '이왕 이렇게 된 거 그냥 비를 맞아 볼까?'라는 이상한 생각을 하게 됐다. 하루에도 몇 차례씩 소나기를 만났지만 한 번도 떠올리지 못한 생각이었다. 나는 어둠 속으로 뛰어들어 세차게 내리는 비를 온몸으로 맞았다. 저만치 우산 속에서 길을 건던 서양인 커플이 나를 보며 웃고 있었다. 그 순간, 나는 자유로웠다. 평생 처음 느껴 보는 벅찬 자유로움이었다. 그때 나는 느꼈다.

'아, 그냥 이렇게 살면 되는 거구나. 비를 맞고 싶으면 비를 맞고, 결혼을 하고 싶으면 결혼을 하고. 아이를 낳고 싶으면 아이를 낳고, 낳기 싫으면 낳지 말고. 웃고 싶으면 마음껏 웃고 울고 싶으면 죽도록 울고.'

내게 그 순간은 1억 원을 줘도 바꾸지 않을 순간이다. 내 인생 영화의 엔딩 장면으로 써도 꽤 괜찮을 장면이었으니까. 막연하고 충동적인 여행지에서 비를 맞는 청춘, 어둡고 차가운 밤, 삶에 대한 벼락같은 통찰…. 아무리 생각해도 그보다 더 완벽한 순간은 없는 것 같았다.

여행이 끝나고 한참 후에야 깨달았다. 내 인생 최고의 투자는 모든 것이 불투명했던 스물일곱 살의 그 여름, 36만 원짜리 방콕행 티켓을 끊은 것이라는 사실을. 여행경비는 거의 전 재산에 해당되는 막대한 지출이었다. 물론 쉬운 결정이 아니었다. 하지만 돈으로 환산할 수 없는 추억을 만들었고, 노트 한 권을 꽉 채울 만큼 치열하게 고민하며 내면을 기록했다. 그 힘으로 한국으로 다시 돌아와 이력서를 작성하고 아르바이트를 구하며, 그토록 재미없고 힘든 과정을 묵묵히 해낼 수 있었다. 그해 10월, 나는 첫 직장인 삼성전자에 취직했다. 전공을 살려 중국어 통번역사로 일하게 되었고, 항상 꿈꾸던 연봉을 받을 수 있었다.

가장 사랑하는 남자와 20개 도시를

지금까지 살면서 전 세계 20개 도시를 혼자서 여행했다. 오랜 시간 중국에서 생활한 덕분에 그중 절반이 중국 도시들이다. 나 홀로 여행은 듣기에만 좋을 뿐, 커다란 시련이나 마찬가지다. 언제나 여행은 꿈꾸던 순간만 좋았다. 입석열차를 타고 7시간을 서서 가거나, 백화점 화장실에서 세수를 하고, 숙소비를 아끼려고 사우나에서 잠을 청한 적도 많았으니까. 한마디로 20대에 경험했던 모든 여행은 고행이었다. 한 끼 밥도, 하루치의 잠도, 쉽고 당연한 건 아무것도 없었다.

너무 많이 걸어서 발바닥이 터질 것 같았던 어느 날, 큰 맘 먹고 잡아 탄 택시의 기사는 같은 자리를 빙빙 돌며 사기를 쳤다. 너무나 억울했다. 나 같은 거지에게서도 돈을 갈취하려는 세상이 가혹해 엉엉 울었다. 또 우연히 만난 한국 친구들이 엄청난 금수저였음을 알았을 때, 그들이 호텔에 묵으며 값비싼 액티비티를 전부 체험한 것을 알았을 때, 차마 돈이 없어서 함께하자는 말을 못하는 내 자신이 너무 초라하고 미웠다. 하지만 인생이 결코 만만한 게 아니라는 사실을 배우는 데 이보다 적합한 교실은 없었던 것 같다.

아우렐리우스는 '삶의 기술은 댄서의 기술보다는 레슬러의 기술'이라고 말했다. 나는 고된 여행을 혼자 하며 그런 레슬러의 기술을 많이 터득했다. 갑자기 닥치는 의외의 공격에 대비하고 굳건히 마음먹는 법을 배운 것이다.

혼자 여행하며 내 안에 있는 또 다른 나를 발견한 것은 커다란 수확이었지만 한편으론 안타까운 적도 많았다. 숨이 턱 멎을 것 같은 아름다운 풍경이나 진귀하고 놀라운 장면 앞에서 "우와! 저것 좀 봐!" 하며 같은 곳을 바라볼 사람이 없었기 때문이다. 모든 것을 혼자 보고, 느끼고, 경험하는 여행이 슬슬 지루해질 무렵, 그런 생각을 했다.

'지금껏 전 세계 20개 도시를 혼자 여행했으니까, 앞으로 20개 도시는 가장 사랑하는 남자와 함께, 나머지 20개 도시는 나중에 내 아이와 함께해야지.'

그리고 2014년, 결혼을 했다. 오랜 시간 알고 지낸 남자와 하나가 되어 같은 곳을 바라보며 걸어 보자고 온 세상에 선포한 것이다. 나는 그의 손을 잡고 많은 곳을 함께 걸었다. 일단 한국이 아닌 중국 광저우에 신혼집이 있었기에 여행을 하는 데 훨씬 수월했다. 광저우는 동남아 국가들과 지리적으로 가까워서 한국보다 더 쉽고 저렴하게 여행을 떠날 수 있다.

우리는 미국 라스베이거스와 멕시코 칸쿤으로 떠난 신혼여행을 시작으로 말레이시아 코타키나발루, 중국 하이난 섬, 미국 괌, 일본 도쿄, 인도네시아 발리, 홍콩, 마카오 등 수많은 도시를 함께 여행했다. 둘이 떠나는 여행은 한마디로 스쳐 지나가는 모든 것을 붙잡는 여행이었다. 시선이 닿는 곳의 어떤 것도 설렁설렁, 어영부영 보지 않았고, 가슴에 꼭꼭 새겨 담으며 함께 감동하고, 매순간을 사랑하고, 한없이 꿈꾸며 여행했다. 느리게 걷고, 차를 마시고, 리듬에 맞춰 함께 춤추고 노래하는 여행.

모데라토 칸타빌레(Moderato Cantabile).•

둘만의 여행은 '좋거나, 더 없이 좋거나', 언제나 둘 중 하나였다.

내 분신 같은 아이와 다시 20개 도시를

2015년 여름, 아이를 낳고 셋이 함께하는 여행은 다시 고행 비슷한 것이 됐다. 호텔방에서 밤새 열두 번도 더 깨는 아이를 재우고 다음 날 세수할 힘도 없는 하루를 맞이하거나, 온갖 역경을 뚫고 유명 관광지 앞에 도착하자마자 폭풍오열을 하는 아이를 달랠 때는 이제 다시는 내 인생에 여행 따위는 없다고 다짐하고 또 다짐했다. 하지만 맑은 눈망울을 반짝이며 낯선 공간을 둘러보거나, 옆자리에 앉은 또래 아이와 웃으며 악수를 할 때 나는 말로 표현할 수 없는 벅찬 감동과 아름다움을 느꼈다.

세상에는 후회를 반복하면서도 정신 차리면 또 반복하는 일이 있다. 아이와의 여행이 정확히 그렇다. 이제 다섯 살 된 딸 아

● 음악적 용어로 '보통 빠르기로 노래하는 듯이'라는 의미이지만, 대개 '느림의 미학, 절제를 가진 삶의 태도'라는 뜻으로 쓰이고 있다.

이와 여행을 하며 나는 다시 사는 방법을 배우는 것 같다. 여행의 목적은 더 이상 제때에 도착하는 것이 아니다. 서두르지도 않고, 서두를 수도 없다. 우스꽝스럽고 지치는 상황이 끝없이 찾아오지만(예를 들어 언제 잃어버렸는지도 모르는 신발 한 짝을 찾아 다시 온 길을 헤매거나, 유모차를 안 타겠다고 울며 버티는 바람에 하루 종일 유모차와 아이를 동시에 끌고 다니는 등) 여행을 그만둘 수 없는 이유는 그에 못지않게 전율하는 순간이 자주 찾아오기 때문이다.

요즘은 특정한 테마나 콘셉트를 가지고 여행을 한다. 며칠 전에는 할머니, 엄마, 나, 딸까지 4대가 함께 10일간 홍콩과 마카오를 여행했다. 홍콩의 밤거리를 누구보다 씩씩하게 누빌 정도로 건강한 할머니 덕분에 또 다른 꿈을 이룬 것이다. 이로써 내 삶에 가장 잊히지 않는 네 번의 여행이 완성됐다.

첫 번째는 2009년에 온 가족이 함께 차를 타고 일주일간 우리 땅을 여행한 것이었다. 강원도부터 전라남도 땅끝마을까지 팔도를 다 돌며 인생 최고의 시간을 보냈다. 두 번째는 2013년 결혼 전 엄마와 단 둘이 베트남 나트랑을 여행한 것이다. 늘 네 명의 형제자매가 북적대는 집이었기에 엄마와 단 둘만의 시간을 가진 적이 거의 없었다. 결혼을 앞두고 나는 엄마에게 특별한 선물을 하고 싶었다. 처음으로 내 돈으로 엄마에게 여행이라는 가치를 선물했던 의미 있는 시간이었다. 세 번째는 당연히 인생에 단 한 번뿐인 신혼여행. 더 말해 무엇하리. 그리고 마지막은 얼마 전 우리 집안 여자 4대가 함께한 낭만 식도락 여행이다.

앞으로는 또 어떤 여행을 하게 될까? 아이와 함께 뉴질랜드, 시드니나 토론토에서 각각 한 달 살기를 하거나 남편과 둘이서 하와이 바닷가에서 리마인드 웨딩촬영을 하게 되지 않을까? 런던이나 뉴욕의 핫한 장소에서 세계 트렌드를 읽는 비즈니스 여행을 홀로 하거나, 명상수행을 위해 티베트나 네팔로 떠날지도 모르겠다.

무엇이 됐든 한없이 설렌다. 아직 만나 보지 못한 사람, 거닐지 못한 거리, 이루고픈 꿈들이 있다는 것만으로도 가슴이 벅찬다. 한 끼 식사와 하루치의 잠을 당연한 것으로 생각하지 않았던 가장 가난한 시절의 나처럼, 여행은 늘 내가 가진 모든 것에 최고의 감사와 행복을 선사한다.

누구나 인생에 한바탕 미친 짓이 필요하다

대책 없이
용감한

서른 살이 넘으면 대부분 주변에는 현실적인 사람들만 득실대기 마련이다. 서른두 살이 되었어도 배우가 되기 위해 할리우드로 떠나겠다고 하는 사람보다 과연 돈이 될 만한 것이 무엇인지에 대해 열띤 토론을 하는 친구들이 훨씬 많다는 얘기다.

무엇이 더 옳고 그르다는 것이 아니다. 하지만 나는 누군가는 서른 살을 넘겼어도 서커스 단원이나 코끼리 조련사가 되겠다는 커밍아웃을 해 줬으면 좋겠다고 내심 바랐다. 하지만 그런 일은 좀체 일어나지 않았다.

친구들 사이에서 회자되는 서프라이즈한 일이란 10년 사귄 친구의 애인이 갑자기 바람났다거나, 대기업 때려치우고 공무원 준비하다 다시 회사에 들어간 정도의 일탈이었다. 그래서 나는 20대 후반부터 은연중에 결심했다. 내가 바로 그 역할을 맡아야겠다고. 지인들이 뒷목을 잡고 뒤통수를 맞아서 절대로 지루해하지 않을 스웨그 넘치는 악역 같은 것 말이다. 그것이야말로 내가 간절히 바라는 멋진 역할이다. 그런데 30대 중반에 접어들자 또 다른 결심을 하기에 이른다. 내 가까운 지인들뿐만 아니라 모든 사람들에게 그런 역할을 하는 모습을 보여 주고 싶다는 꿈이 생긴 것이다.

누군가는 그런 역할을 해도 좋다고 생각한다. 이토록 삭막한 세상에서 누군가는 너무나 뻔하고 진부할지라도 희망을 말해야 하듯이 행복, 꿈, 도전, 모험 같은 단어가 산타클로스의 존재만큼 희미해지는 나이에도 누군가는 몽상가처럼 살아도 좋지 않을까? 전 재산을 다 털어서 제주도로 이주하거나 이제 막 돌 지난 아이를 데리고 세계여행을 떠나야만 몽상가가 되는 것은 아니다. 지금 자신이 있는 자리에서 당장 무엇이든 시작할 수 있는 몽상가도 아주 훌륭하다. 마흔 살을 눈앞에 두고 철인3

종 경기에 도전하거나, 회사에 다니면서 트로트 앨범을 준비하는 깜찍한 일탈 같은 것들을 말하는 거다. 여기서 또 하나 중요한 것은 그냥 허황된 상상은 아무 짝에도 쓸모없다는 사실이다. 우리는 반드시 실천주의형 몽상가가 되어야 한다. 생각은 누구나 할 수 있지만 행동으로 옮기는 것은 완전히 다른 차원의 일이니까.

인생에 미친 짓이
필요한 이유

2014년 봄, 결혼하자마자 남편과 중국으로 떠났다. 어학연수를 하거나 여행을 떠나기 위한 목적이 아니었다. 우리는 혼인신고서의 잉크가 마르기도 전에 모험을 떠나고 싶었다. 스무 살 이후 내 모든 결정에 한 번도 간섭하지 않았던 가족들은 내 어깨에 손을 얹고 한 마디씩 했다.

"넌 한국에서 조용히 살 팔자는 아닌가 보다."
"젊으니까 괜찮아, 환갑에 시작하는 것보다야 낫지."

우리 가족들은 원래 서로 따뜻한 위로나 격려 따위는 쑥스러워서 하지 못한다. 그보다 죽비처럼 머리통을 두드려서 이를 악다물고 살게 만드는 멘트의 달인들이라고 할 수 있다. 세상 누구도 하지 못하는 조언(네 주제파악이 관건이다, 너 자신을 그만 좀 과대평가해라 등등)을 하는 아주 고마운 존재들이다.

반면 친구들의 반응은 조금 달랐다. "잘 가." 하는 인사 뒤에는 불안과 염려의 눈빛이 뒤따랐다. 말하자면 '너는 왜 거꾸로 사니? 점점 안정을 찾아가야 하는데, 왜 점점 불안정한 길로 걸어가려 하니?'라는 의미 같았다. 가까운 친구의 남편들은 하나같이 안정된 직장과 직업을 갖고 있기에 더욱 그랬다. 그런데 이상하게 나는 하나도 두렵지 않았다. 맨땅에 헤딩을 하러 가는 남편을 따라 짐 가방 두 개에 신혼살림을 전부 구겨 넣고 떠나는데도 너무나 행복했다. 적어도 나는 내면의 목소리를 따라 살고 있었다고 생각했기 때문이다. 단순히 몸이 안정되는 것은 내게 진정한 안정을 선사해 주지 못했다. 몸이 안전하고 안정되었어도 마음이 지옥밭에 있는 사람이 가득한 세상이다. 그런 세상에서 진정한 안정은 무엇이고 불안정은 또 무엇이란 말인가.

안정이라는 것에 대해서도 사람마다 다른 대답이 나오기 마련이다. 대기업과 공무원이 아니면 모조리 안정이라는 테두리

바깥이라고 여기는 사람도 있을 것이고, 통장에 10억 원의 현금이 있어도 15억 원이 없으면 불안정하다고 생각하는 사람도 있을 것이다. 세상 모든 기준은 내가 정한다는 말이 유일한 정답처럼 느껴지는 것도 그 때문이다.

나로 말하자면 살고 싶은 대로 사는 것만큼 안정된 인생은 없다고 생각해 왔다. 모든 것이 어긋나도 훌훌 털어낼 수 있는 새로고침의 용기, 그건 마음이 시키는 대로 살았을 때만 가능하다. 결혼도 했고 혼자도 아니니, 중국에서 망하면 다시 한국에 들어와 포장마차를 차리면 된다고 생각했다(우리는 둘 다 분식킬러니까 그것도 꽤 행복하겠다는 생각을 했다). 게다가 지금 가진 게 어차피 0이니까 잘되면 무조건 플러스인 셈인데, 도전하지 않을 이유가 없었다.

"이건 바닥부터 시작해서 얼마나 올라갈 수 있는지를 테스트해 볼 수 있는, 하늘이 주신 기회야!"

그렇게 나는 나와 꼭 닮은 모험과 도전의 유전자로 가득한 남편을 따라 중국 광저우로 떠났다. 남편이 하려는 일은 외국인에게는 허가조차 내어 주지 않는다는 교육 사업이었다.

"외국인에게 허가를 안 내어 준다고? 그럼 중국인 파트너랑 같이 하면 되지. 언어와 문화도 다른 외국인이 우리를 믿겠냐고? 우리는 또 어떻고? 그렇다면 서로에게 믿음을 주는 것, 그게 현재 가장 필요한 업무가 되겠네."

매사가 이런 식이었다. 이런 마음가짐이면 불가능할 것이 없었다. 돈이 부족하면 투자를 받기로 했다. 하지만 아는 사람 하나 없는 도시에서 말도 안 되는 무모한 생각이었다. 인력이 없다면 더 많은 사람들을 만나 함께 일할 수 있는 인재를 찾아보기로 했다. 그렇게 우리 두 사람에게는 매일이 새로웠다. 매일이 도전이고, 투쟁이고, 모험이었다(물론 이 과정에서 나의 역할은 남편을 응원하고 믿어 준 게 전부다). 그렇게 살아 온 지 4년. 남편의 회사는 한화로 약 23억 원을 투자받아 광저우에서 가장 임대료가 비싸다는 지역 두 곳에 대규모 어학센터를 열었다. 좋은 인재를 영입했고 매출은 해마다 목표치를 웃돌았다. 한국 강남에도 R&D센터를 열기에 이르렀고, 최근에는 신규 교육 브랜드를 런칭하기 위해 다시 맨땅에 헤딩을 하는 과정을 되풀이하는 중이다. 사실 이렇게 간단히 말하고 있지만, 중국에서의 도전 과정을 이야기하면 책 한 권 분량으로도 모자란다.

별것 아닌 성공과
좋은 실패

한국도 아닌 외국땅에서 시도한 4년간의 뜨거운 도전을 단 몇 줄로 요약했지만 그 행간에는 말도 못할 만큼 많은 의미가 담겨 있다. 캐리어 두 개의 짐만 가지고 원룸에서 시작한 신혼생활, 기적처럼 많은 사람들을 만나 인연을 맺었고, 한 번 닿은 인연은 기도하는 마음으로 귀하게 여기며 절대로 놓치지 않으려 노력했다. 그 과정에서 잔잔한 물살만 탄 것은 아니다. 자존심 상하는 일도 많았고, 다시 일어설 수 있을지 의문스러울 정도로 몸과 마음이 휘청거린 위기의 순간도 많았다. 하지만 그 과정에서도 배움은 있었다.

어느 날 남편과 나는 아이를 재워 놓고 이런 대화를 나눴다. 아끼던 직원이 갑자기 일을 그만두고, 투자자 한 사람으로부터 이상한 오해를 받고 있던 힘든 시절이었다. 남편이 말했다.

"우리가 아는 방식으로, 기대했던 대로 일이 진행될 거라는 생각을 버리라고 이런 일이 일어나는 것 같아."

그 순간 탄식이 절로 나왔다. 남편이 말한 배움을 얻었다면 실패해도 그건 좋은 실패가 될 것 같았다. 세상엔 별것 아닌 성공이 있는 것처럼 좋은 실패라는 것도 분명 존재한다. 모든 것이 내 뜻대로 착착 진행되지 않아서 세상에 대해 불만이 생겼다면 그건 유치한 이기심에 불과하다. 때론 가만히 숨 죽여 우주의 응답을 듣는 신성의 시간이 필요하다. 삶은 우리보다 많은 것을 알고 있다고 나는 굳게 믿는다.

그렇게 남편과 위기의 시간들을 헤쳐 갔다. 둘이 손을 꼭 잡고 문제를 바라보면 두려움도, 불가능도 녹아 버리는 것 같았다. 결혼을 하고서 가장 큰 변화는 시댁이 생기거나 아이가 태어난 일 같은 게 아니었다. 어떤 식의 삶도 이 사람과 함께라면 다 긍정할 수 있다는 믿음이 생긴 것이었다. 세상 누구도, 무엇도 부럽지 않았다. 혹시 초라하고 비참한 일이 생긴다 할지라도 나는 이 사람과 함께 그것을 받아들이고 극복해 갈 수 있다는 100퍼센트 믿음이 생겼다.

당신의 미친 짓을 응원해 줄 누군가가 있는가. 심지어 그 미친 짓에 기꺼이 동참해 줄 의향이 있는 사람은 있는가. 소울메이트란 반짝하는 화학적 스파크에 의해 심장을 떨리게 만드는 사람이 아니다. 그건 길어야 3개월이라고 이미 과학적으로 증명됐다. 진정한 소울메이트는 내 인생의 소명을 발견하고 이룰 수 있도록 지지해 주는 사람이다. 내 방식대로 창조하고 영위하는 삶을 박수치며 응원해 주는 사람. 내 인생소풍을 그와 함께하게 되어 얼마나 따뜻하고 든든한지 모른다. 앞으로도 대책 없이 용감한 우리 부부의 도전은 계속될 것이다.

제5장

어제의 나와 제대로 이별하는 법

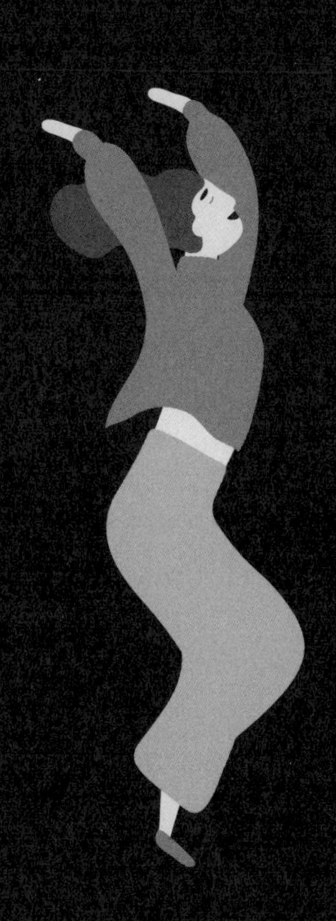

추구의 여정에는 두 가지 잘못밖에 없다.
하나는 시작조차 하지 않은 것이고,
또 다른 하나는 끝까지 가지 않은 것이다.
어떤 길을 가든 그 길과 하나가 돼라.
길 자체가 되기 전에는
그 길을 따라 여행할 수 없기 때문이다.

_류시화, 《좋은지 나쁜지 누가 아는가》

인생을 바꾼 세 가지

유쾌한 입담으로 큰 인기를 끌었던 심리학 박사 김정운 교수는 자신의 인생이 파마를 하기 전과 후로 나뉜다고 말했다. 그가 토크쇼에서 이야기하는 것을 함께 보고 있던 가족들은 하나같이 웃음을 터뜨렸지만, 나는 진지하게 고개를 끄덕였다. 그의 이야기에 너무나 공감했기 때문이다.

김정운 교수는 머리를 파마하는 남자나 지나치게 외모에 신경 쓰는 사람들을 이해하지 못했다고 한다. 그러던 중 탈모를 감추기 위해 파마를 하고서부터 세상을 보는 관점에 변화가 생긴 것이다. 외모 가꾸기에도 관심이 생겨 난생 처음 트렌치코트도 입어 보았다. 그런데 그 뒤로부터 이상하게 사람들이 자신에게 더 친절해졌고, 일도 더 잘 풀렸다고 한다. 청바지에도 도전하게 되었다. 젊은 사람들이 입는 패션 스타일에도 조금씩 도전했다. 그렇게 삶의 단편들이 다양해지자 다른 사람들의 다양한 관심사에 대해서도 이해하게 되었다. 다른 가치, 다른 문화, 다른 삶. 그는 더 많은 것을 포용하고 더 행복해질 수 있었다고 한다. 이쯤 되면 머리 스타일 하나로 삶 전체가 달라졌다는 말이 이해가 될 것이다.

돌아보면 내 삶을 크게 바꾼 사건이 세 가지 있다.

❶ 20대 초반부터 미니스커트를 입기 시작

나는 어려서부터 하체가 상체에 비해 많이 통통해서 하체비만이라는 놀림을 받았다. 나 스스로도 콤플렉스가 있었다. '미니스커트=내 인생에 없는 것'으로 생각하고 살았다. 그런데 어느 날 용기를 내어 미니스커트를 입고 모임에 나갔는데 생각보다 반응이 너무 좋았던 것이다. 이전까지 그런 내 모습을 본 적 없는 친구들이 하나같이 입을 모아 칭찬을 늘어 놓았다. 심지어 이렇게 잘 어울리는데 왜 이제껏 청바지만 입고 다녔냐고 다그

치기도 했다. 그때부터 자주 미니스커트를 입었다. 통통한 다리를 드러내자 놀랍게도 내 몸을 더 사랑할 수 있었다.

절대로 할 수 없을 것 같은 일 한 가지를 생각지도 못하게 가뿐히 해내자 다른 일들도 결국 별것 아닐 거라는 자신감이 붙었다. 그리고 나처럼 통통한 몸을 과감히 드러내는 여자들을 보며 마음으로 그녀들을 응원하고 세상의 모든 다름을 아름답게 느끼게 되었다. 작은 변화로 인해 삶이 크게 바뀐 것이다.

❷ 내 이야기를 하기 시작

첫 번째 사건이 몸을 드러내는 일이었다면 두 번째 사건은 마음을 드러내는 행위였다. 이전까지 나는 모든 사람들에게 자기 이야기를 하지 않는 사람이었다. 가까운 친구나 가족에게도 마찬가지였다. 나 스스로는 과묵하고 진중한 성격을 장점으로 여기고 있었는데, 사실은 그게 아니었다. 마음속 깊은 곳에서는 진짜 나를 드러내면 사람들이 실망하고 비웃을까 봐 겁을 내고 있었던 것이다. 내 이야기를 하지 않는 것의 이면에는 스스로를 하찮고 비루하게 여기는 마음이 깃들어 있음을 깨닫고는 큰 충격을 받았다. 그때부터 용기 내어 나에 대해 말하기 시작했다.

식당에서도 항상 "아무거나요.", "저도 같은 거요!"를 외치는 대신 내가 무엇을 좋아하는지 당당하게 말하게 되었다. 그렇게 아주 사소한 것부터 조금씩 바꿔 나갔다. 그런 노력들이 내 생활을 조금씩 바꾸기 시작해, 이제는 블로그에 나의 지난 삶에 대한 글을 올리고, 이렇게 자전적 에세이도 출간하기에 이르렀다. 더욱 놀라운 것은 나를 더 많이 드러낼수록 모든 면에서 더 성장하고 잘 풀렸다는 점이다. 나에 대해 드러낸다는 것은 나의 모든 것을 있는 그대로 인정하고, 비난이든 칭찬이든 받아들일 준비가 되었다는 의미다. 내 이야기를 하기 시작하면서부터 나는 더 큰 자유로움을 느꼈다.

❸ 전혀 돈이 안 되는 일에 시간과 에너지를 쏟음(그것도 꼬박 반 년 이상)

처음 칼럼니스트가 되고 싶다는 마음을 가졌을 때, 나는 누군가 내게 글을 의뢰할 때까지 기다리지 않았다. 그냥 내가 글을 쓸 수 있는 무대를 찾아 나서기로 했다. 그러다 지금은 사라진 포털사이트에 직접 전화를 걸었다. 담당자와 꽤 길게 통화를 했던 것으로 기억하는데, 핵심은 현재 성장하고 있는 여성커뮤니티 플랫폼에 양질의 라이프스타일 칼럼을 제공하겠다는 것이었다. 그것도 일주일에 두 번씩 무료로 꾸준히 연재하겠다는 조건을 걸었다.

이제 막 스타트업을 시작한 포털사이트 입장에서는 책을 낸 경험이 있는 작가가 공짜로 글을 올려 준다는데 거절할 이유가 없었을 것이다. 그렇게 나는 스스로 칼럼니스트라는 명함을 팠다. 칼럼니스트로서의 첫 번째 포트폴리오가 완성된 것이다. 만약 누군가 글을 의뢰할 때까지 기다렸다면 나는 단행본을 출간하고는 2년 이상 어떤 곳에도 글을 싣지 못했을 것이다.

이 일은 나에게 많은 것을 시사했다. 나는 마카롱 재료가 집에 없다면 신발장까지 뒤져서라도 재료를 찾아 헤매는 사람이지만, 끝내 마카롱 재료를 찾지 못한다면 누룽지라도 꺼내 마카롱이라 여기고 맛있게 먹을 수 있는 사람이었다. 말하자면 꿈에 필요한 재료는 무엇이든 박박 긁어모을 수 있는 사람.

또 하나, 나는 돈이라는 보상 자체보다 어떤 일이든 마침표를 찍었을 때 느끼는 희열을 훨씬 값지게 생각한다는 것을 깨달았다. 꿈의 목록 한 줄을 지우기 위해 오랜 시간과 에너지를 쏟을 수 있는 사람. 나에 대한 새로운 정의를 찾은 것이다.

내 안의 락스타를 깨우는 방법

누구나 인생을 바꾼 결정적 순간이 있기 마련이다. 그 순간을 돌이켜 생각해 보자. 의외로 별것 아닌 일이었을 가능성이 크다. 김정운 교수처럼 머리를 파마한 사건일 수도 있고, 나처럼 미니스커트를 입은 일일 수도 있다. 그게 무엇이든 내 안의 락스타가 깨어난 순간을 떠올려 보는 건 아주 중요하다. 락스타가 깨어나면 이전까지는 엄두도 내지 못하던 일들을 거침없이 해낼 수 있다. 평범함을 거부하고 도전심이 충만한 락스타는 어쩌면 10만 대 1의 경쟁률을 뚫고 오디션에서 우승한 스타일지도 모른다. 그래서 자신의 꿈이 얼마나 소중한지, 지금 이 무대에 서기까지 얼마나 많은 용기를 냈는지 잘 알고 있다.

나는 우리의 마음속에는 아무도 모르는 자신만의 락스타가 살고 있다고 생각한다. 그는 화려한 무대 위에서 자신을 향해 환호하는 사람들을 향해 거침없이 손키스를 날리는 사람이다. 무엇보다 자신의 꿈을 가장 확실하게 믿고 지지한다. 그래서 '이걸 하면 남들이 뭐라고 생각할지', '오늘 옷차림이 너무 과하지는 않은지', '내가 3년 뒤에도 이걸로 먹고 살 수 있을지'따위는 생각하지 않는다. 지금 당장의 무대가 너무나 중요하기 때문이다.

자기 자신과 꿈에 미쳐 있으면 새로운 세상이 깨어난다. 경쟁자가 지금 무엇을 하고 있는지는 전혀 중요하지 않다. 꿈에 충실한 그 순간만큼은 무대 위에서 사람들을 사로잡는 슈퍼스타일 뿐이다. 우리에게 필요한 것은 꿈속에서만큼은 누구보다 자신이 세계 최고의 슈퍼스타임을 아는 것이다. 다른 사람들이 뭐라고 하건 상관없다. 심지어 부모님과 친구, 남편이 비웃어도 결국 무대에 설 사람은 나다. 내 꿈을 이룰 사람은 결국 나뿐이다.

내 안에 잠든 락스타를 깨워 무대에 올리려면 아래의 세 가지를 시도해 보자.

❶ 반드시 해야 하는 걸 알지만 창피하다고 느껴지는 일 한 가지를 지금 당장 시도해 본다.

아이 둘을 낳고 몇 년째 독박육아만 했지만 마음속으로는 쇼핑호스트가 되어 새로운 커리어를 시작하고 싶어 하는 K씨가 있다. 그런데 문제는 그녀의 그런 꿈을 자신 외에는 아무도, 심지어 남편도 모른다는 사실이었다. 그녀는 그 말을 했을 때 비웃고 무시할 남편의 반응을 떠올리기만 해도 싫다고 했다.

"남편에게도 알리지 못하는 꿈이면 세상에도 절대 알리지 못할 거예요."

세상에 출사표를 내밀지 못하는 꿈은 당연히 이루어지지 않을 것이다. 자기 집 거실에서만 쇼핑호스트가 될 수는 없으니까. 나는 일단 그 껍질부터 깨뜨려 보라고 했다. 그녀는 젖 먹던 힘까지 끄집어내어 '쪽팔림'을 무릅쓰겠다고 약속했다. 몇 달 후, 그녀는 아이들을 친정에 맡기고 분위기 좋은 레스토랑에서 남편과 저녁식사를 했다. 그리고 자신의 꿈을 어렵게 터놓았다. 그 말을 들은 남편은 한참동안 말없이 눈만 깜박이고 있었다고 한다. 그녀가 전혀 예상치 못한 반응이었다. 잠시 후 남편의 입에서 전혀 뜻밖의 말을 들을 수 있었다.

"당신도 꿈이 있을 수 있다는 생각 자체를 하지 않고 살았어. 어디서부터 시작하면 될까?"

그녀 안의 락스타가 비로소 깨어난 순간이었다. 그녀는 곧 무대화장을 마치고 자신만의 공연장에서 새로운 세상을 살게 될 것이다.

❷ 100일간 매일 거울을 보고 나를 믿는 연습을 하는 것이다.

자신이 원하는 무언가를 이루지 못하는 결정적인 이유는 서울 소재의 대학을 나오지 않아서도, 삼성전자 연구원 출신이 아니어서도 아니다. 영어점수가 120점 모자라거나, 해당 분야에 속한 인맥이 두 명밖에 없어서도 아니다. 우리는 자신을 믿지 못한다. 믿을 수 없을 만큼 자주, 많이 믿지 못한다.

가끔 강연장에서 질문을 던진다.

"꿈이 있으세요?"

그러면 100명 중 70명 정도가 손을 든다.

"그 꿈을 이룰 수 있을 것이라는 믿음을 갖고 계세요?"

이번에는 30명 정도 손을 든다. 그것도 아주 소심하게.

"마지막으로 질문을 던져 볼게요. 현재 꿈보다 20퍼센트 더 크게 잡았을 때도 그것을 이룰 수 있다고 믿는 분이 계세요?"

한두 명 정도가 주변 눈치를 살피며 쭈뼛쭈뼛 손을 들었다 내렸다 한다. 우리는 자신이 이룰 법한 꿈의 테두리 안에서 굉장히 현실적이고 쉽게 달성할 수 있는 꿈을 찾는다. 그 이상의 것은 내가 감히 꿈꿔선 안 된다고 믿기 때문이다. 지금껏 그렇게 교육을 받아 왔고 그런 식으로 자신을 억압해 왔다. 그런데 세상을 바꾸거나 말도 안 되는 꿈을 이룬 사람들은 스스로 세상을 바꾸고, 모든 꿈을 이룰 수 있다고 믿을 만큼 미친 사람들이다.

《이상한 나라의 앨리스》에 나오는 미친 모자장수가 앨리스에게 "내가 미쳤어?"라고 묻는 장면이 있다. 그때 앨리스의 대답이 오래 기억에 남는다. 앨리스는 말한다.

"유감스럽지만 넌 완전히 미쳤어. 그런데 비밀 하나 알려줄게. 멋진 사람들은 보통 그래."

앞으로 100일간 거울을 보며 자기긍정과 자기확신을 갖는 연습을 해 보라. 가장 자신감 넘치는 미소를 띠고 미래의 한 순간으로 떠나 보라. 내가 이미 꿈을 이룬 지점에서 출발하는 것이다. 결과를 먼저 떠올려 보고, 바로 그 결과에서부터 시작하는 연습이다. 예를 들어 글로벌기업의 CEO를 꿈꾼다면 직원들 앞에서 신년 시무식을 개최하는 자신을 떠올리는 연습을 한다. 한두 마디면 충분하다. 그때의 분위기와 상황, 그 속에 속해 있는 나의 마음가짐과 감정이 중요하다. 이것은 마음껏 꿈꾸는 연습이다. 나는 머릿속에 떠올려 보지 않은 이미지는 절대 현실에 나타날 수 없다고 생각한다. 내가 감히 상상해 보지 않은 내 모습은 미래의 어느 시점에도 내 것이 될 수 없다. 그러니 지금 당장 내 안의 락스타를 깨워라. 동네의 조그만 재즈바에서 공연하는 스타보다는 기왕이면 월드투어를 하며 TV에 생중계되는 스타를 깨우자.

❸ 마지막으로 나를 빛내 주는 사람들을 만난다.

"꿈 깨!"라고 조언하는 친구보다 "꿈꿔!"라고 응원하며 함께 방법을 찾아 주는 사람들을 만나는 것이다. 어설프고 감상적인 희망만 던져 주는 사람 말고, 도움이 될 만한 책이라도 선물해 주는 사람을 곁에 둔다. 내 정체성은 나와 가장 많은 시간을 공유하는 주변 다섯 명의 평균이라고 했다. 나를 둘러싼 다섯 명을 떠올려 보자. 그들이 나의 어깨를 짓눌러 앉히는 사람들인지, 나의 손을 잡고 함께 춤을 춰 주는 사람들인지. 알다시피 한 명의 락스타가 무대에 서기까지는 무대 뒤에서 그를 빛내 주는 수십 명의 조력자들이 있기 마련이다.

세상에서 가장 창조적인 직업

엄마만큼 열심히 사는 존재들이 어디 있어?

살림을 잘하는 여자들을 좋아한다. 어떤 심리인지는 모르겠지만 이상하게 그런 여자들을 보면 곁에 두고 싶다(나는 살림 잘하는 여자는 아니고, 살림을 좋아하는 여자는 맞다).

조리 기구를 늘 윤기 나게 닦아 두고, 남편과 아이를 위해 레몬청을 만드는 여자들. 레이스 달린 앞치마를 입고 봄이면 꽃무늬 접시에 갓 구운 빵을 담는 여자들. 아, 그런 여자들이 있는 풍경만 생각만 해도 너무 설렌다.

그래서일까? 나는 한때 타샤 튜더에 완전히 매료된 적이 있었다. 그녀가 쓴 에세이집 가운데 특히 정원 테마를 좋아하는데, 여자라면 누구나 그녀의 정원을 보며 황홀경에 빠지지 않을까 싶다. 동화보다 더 아름다운 정원 딸린 집의 안주인, 70년간 100여 권의 책을 낸 작가, 네 명의 자녀를 훌륭하게 길러 낸 엄마이자(싱글맘이었다) 진정한 자연주의 삶의 실천자. 이 정도면 거의 완벽한 삶 아닌가?

내가 주부이자 엄마가 되고 보니 집안일에 필요한 성실함과 창조성으로 인해 타샤 튜더가 더 위대해 보이기 시작했다. 맞다. 나는 주부야말로 세상의 어떤 직업보다 창조성을 필요로 하는 직업이라는 생각을 갖고 있다.

생각해 보자. 주부들은 매일 삼시세끼에 대한 고민을 반복한다. 가족들에게 늘 같은 음식을 먹이지 않으려고 애쓰는 주부들을 보면 존경하지 않을 수 없다. 고만고만한 메뉴 속에서 맛과 영양, 거기에 조리시간, 재료비, 플레이팅까지 원스톱으로 떠올려야 한다. 이게 어디 보통일인가? 타샤 튜더처럼 천으로 옷 만들어 입고, 버터와 아이스크림까지 홈메이드로 만든다고 생각해 보자. 내 눈에 그녀가 왜 대단해 보이는 것을 넘어 위대해 보이는지 이해하고도 남지 않겠는가.

주변에도 예술가 못지않게 섬세하고 창조적인 주부들이 있다. 그녀들은 하루를 48시간으로 만들어 사용할 만큼 부지런한 영혼이라는 공통점이 있다. 한 친구는 청국장에 쌈채소 샐러드를 먹어도 5성급 호텔 레스토랑 메뉴판에 나올 법한 테이블 세팅을 한다. 누구나 먹는 고등어와 김치 밑반찬에도 은은한 향초와 꽃 한 송이를 더해 홈파티 분위기를 낸다. 하얀 벽면을 프랑스 자수로 가득 메운 친구도 있고, 갈 때마다 가구 배치를 바꿔 마치 다른 집처럼 보이게 만드는 요술쟁이 친구도 있다. 이토록 창조적인 여자들의 눈에는 색감 하나, 구도와 조명까지도 각자의 역할과 책임이 있는 셈이다.

무엇보다도 살림은 디테일의 예술이다. '신은 디테일에 있다'는 유명한 문구처럼 말이다. 신발장 위에 드라이 플라워 디퓨저를 올려 놓고, 안방 화장실에는 언제든 힐링할 수 있는 라벤더오일을 배치하는 창조적인 여자들. 유치원에서 돌아올 아이를 위해 애플파이를 예술적으로 구우며, 흔해 빠진 살림도구를 아이의 장난감으로 뚝딱 변신시켜 함께 놀아 주는 창조적인 여자들. 누구나 하는 일이라서 누구나 잘할 수 있는 것도 아니고, 누구나 그 안에서 의미와 재미를 찾고 행복을 만끽할 수 있는 것도 아니다.

나도 살림을 잘하고 싶다. 주부이자 엄마라는 창조적인 직업 안에서 많은 기쁨을 찾고 싶다. 아침에는 시금치샐러드를 만들고, 해가 따뜻한 오후 내내 아이와 집 안 곳곳을 뛰어다니며 웃고 떠들다가, 저녁에는 남편을 위해 오징엇국을 끓이며, 그렇게 너무도 고요하고 아름답고 따뜻하게, 그러나 지극히 창조적이고 특별하며 향기롭게 살고 싶다는 생각을 한다.

자신이 그냥 주부이자 그냥 아무개의 엄마라는 것을 속상하고 창피해하고 있다면 기억하자. 이 직업만큼 매순간 인생의 아름다움을 발견할 수 있는 직업도 없다는 것을.

꿈꾸는
엄마, 여자, 아내

아이를 낳고 신기하게도 더 이상 내 나이를 헤아리지 않게 되었다. 선배맘들의 말은 하나도 틀린 게 없었다.

"애 나이 세며 살지, 내 나이는 잊고 살게 되더라고."

나이에 유독 예민한 대한민국에서 애 좀 낳았다고 나이를 잊고 살게 될까 싶었다. 그런데 그 말이 내게도 틀림없는 사실임이 입증됐다. 우리 딸이 태어난 지 며칠이나 되었는지는 정확히 꿰고 있어도 내 나이는 서른둘이든 서른셋이든 될 대로 되라는 식이니 말이다.

"그런데 슬픈 게 어느 날 정신 차리면 나이를 다섯 살쯤 더 먹어 있다는 거야. 서른셋에 애 낳았는데 정신 차리고 보니 서른여덟이야."

이 말도 충분히 이해가 된다. 하루하루는 참 길지만 한 달, 두 달은 정말 짧게 느껴지기 때문이다. 아이 낳고 참 시간이 묘하게 흐른다는 생각을 자주 한다. 과연 시간이 지나가기는 할까 싶어도 돌아보면 한 달이 훌쩍 지나 아이는 몸도 마음도 한 뼘쯤 자라 있다. 물론 엄마인 나도.

그러나 늘 현재의 내가 몸담고 있는 나이가 가장 좋다. 스물은 스물대로, 서른은 서른대로, 마흔은 마흔대로 저마다의 매력을 듬뿍 담고 있는 것이 바로 현재의 나다. 나는 이제 결혼을 하고, 아이를 낳고, 누가 봐도 아줌마 인생을 살고 있다. 하지만 어디서건 당당히 말할 수 있는 것은 꿈의 크기와 그에 대한 열정, 설렘은 스무 살 때 못지않다는 것이다.

스무 살의 꿈이 오로지 나만 생각하며 꾸었던 꿈인 데 반해 지금의 꿈은 나, 가족, 이웃(가끔은 지구)까지 아우르는 좀 더 이타적인 꿈이다. 뜬구름 잡는 몽상이나 욕심과 허영 가득한 과대망상에서 벗어나 현실을 분석하고 반영함으로써 실현 확률이 현저히 높아진 꿈이다.

그런데 블로그를 운영하고, 책을 내기 시작하면서 다음과 같은 쪽지나 이메일을 많이 받는다.

'결혼하고 아기 낳고 현실에 치여 빈껍데기만 남았어요. 한때는 하고 싶은 일도, 되고 싶은 것도 많은 여자였는데 이제는 그냥 누구누구의 마누라이자 엄마네요.'

이 말을 십분, 아니 백분 이해하는 것은 나 역시 아이를 막 낳고 한동안 그런 생각에 빠졌기 때문이다.

'무진장 행복하고 보람되긴 하지만 이제 당분간 내 자유, 꿈, 여유, 아니 내 인생 자체를 접어야겠군. 음.'

나는 방 안에 틀어박혀 두 시간에 한 번꼴로 젖을 물리는데 비행기 타고 이 나라 저 나라로 출장 다니고 비즈니스 미팅하는 남편이 너무나 부러웠다. 집 앞 카페에 노트북을 들고 가서 글도 쓰고 싶고, 청탁 받은 인터뷰도 하러 다니고 싶고, 강연도 기획해서 하고 싶고, 운영 중인 온라인 사업체도 좀 키워 보고 싶은데 현실은 집 안에 옴짝달싹 박혀서 아기 잘 시간에 도둑밥 먹는 게 전부인 생활.

삶의 행복도는 인생 최고지만 삶의 질은 인생 최하라는 말을 남편에게 던지곤 했다. 이렇게 살면 꿈이고 뭐고 진짜 아무것도 못하고 30대가 훌쩍 지나가겠다는 위기감이 들 무렵이었다. 어떻게든 시간을 벌고 쪼개어 하루에 단 10분, 20분이라도 책을 읽고, 글도 쓰고, 사람들과 연락도 하고, 자투리 시간 10분씩 모아 하루에 한 시간은 반드시 나를 위한 무언가에 집중하기로 했다. 나만의 원칙을 세워서 서서히 자신을 찾아갔다.

나는 꿈이 있는 여자, 아내, 엄마가 되고 싶었다. 꿈의 달성 여부는 차치하고, 일단 목표를 갖고 부단히 움직이는 열정 가득한 엄마, 때로는 도전과 자극이 되어 주는 선의의 경쟁자이자 아내, 많은 이들에게 영감과 자신감과 용기를 심어 주는 이정표 역할을 하는 여자가 되고 싶었다. 그러기 위해 10년 안에 이루어야 할 일은 무엇일까? 3년 내에 계획하고 실현시켜야 할 일은 무엇일까? 이번 주에, 오늘 당장 처리해야 할 것들이 무엇인지 매일 고민하고 실천했다. 절대로 단번에 뭔가를 움켜쥐려 하지 않았다. 그건 치기 어린 욕심인 것을 아니까. 쉽게 이룬 것은 쉽게 무너진다는 것을 잘 아니까. 그보다 매일 1센티미터씩 움직이는 것을 목표로 삼았다. 또 매일 1퍼센트씩 변화하는 것을 계획하기로 했다.

《아주 작은 습관의 힘》의 저자인 제임스 클리어는 변화를 꿈꾸지만 뜻대로 움직여 주지 않는다면 '터무니없을 만큼' 사소한 것부터 시작하라고 조언한다. 그것을 그는 '2분 규칙'이라고 말하는데 이를테면 다음과 같다.

'매일 밤 침대에 들기 전에 책을 읽어야지.'는 '한 페이지를 읽어야지.'로 바꾼다. '오늘 요가를 해야지.'는 '요가매트를 깔아야지.'로 바꾼다. '아침 조깅을 5킬로미터 뛰어야지.'는 '운동화 끈을 묶어야지.'로 바꾼다.

2분 이하로 시작할 수 있는 사소한 일부터 삶에 적용하여 일단 어떻게든 '시작 버튼'을 누르는 것이다. 그의 주장이 일리가 있는 것은, 우리 모두는 그런 경험이 있기 때문이다. 영어 회화를 공부하기까지 가장 힘든 시간은 '암기하는 그 시간'이 아니라 책상 앞에 앉기까지의 시간임을 안다. 아침 수영을 가기까지 가장 힘든 시간은 '수영장에서 물살을 가로지르는 그 시간'이 아니라 수영장까지 가기 위해 운전대를 잡는 시간임을 잘 안다. 그래서 가급적 쉬운 시작을 설정하여 몸과 마음의 저항을 줄인 뒤 '관문'을 통과하는 것이 중요하다.

이렇듯 '매일 조금씩 자라기'를 목표로 하면 어느 순간 '결정적 변화'가 찾아온다. 이루고 싶은 커다란 꿈이 있다면 그것을 '지금 이 순간 이 자리에서' 시작할 수 있는 2분짜리 프로그램으로 축소해보자. 좋은 엄마이자 멋진 아내가 되고 싶은 나는 '지금 당장' 몸을 일으켜 주방으로 간다. 그 거창한 목표의 시작 버튼을 '향긋한 레몬차 끓이는 일'부터 설정했으니까.

더 행복해지는 리듬을 찾아서

영어의 첫 알파벳인 A는 내겐 우주 같은 존재인 딸 하임이를 위한 프로젝트의 주제로 남겨 놓았다. 아이와 함께하는 다양한 'Activity', 즉 '놀이/체험' 활동으로 정한 것이다. 사실 아기를 품었다는 것을 알게 된 후부터 생각했던 프로젝트다.

나는 늘 엄마가 되기를 꿈꿔 왔고 세상에서 가장 근사하고 숭고한 직업은 누가 뭐래도 엄마라고 생각해 왔다. 그래서 결혼을 하자마자 아이를 계획했다. 신혼을 즐겨야 한다는 주변의 충고는 깡그리 무시했다. 너무나 간절히 아기를 원했기 때문이다. 하루라도 빨리 내 아이를 만나고 싶었다. 그리고 넘치는 축복 속에 결혼한 지 불과 반 년 만에 아기를 가졌다. 지금도 생생하다. 어느 늦은 밤, 신혼집인 29층 아파트에서 임신테스트기에 가로로 그어진 두 줄을 확인하던 순간. 온몸에 전율이 일고 모든 신경이 찌릿찌릿해지고 행복한 눈물이 흘러내렸다. 세상의 모든 것을 다 가진 기분이 무엇인지 직접 경험한 순간이었다.

2015년 8월 28일, 내 삶은 아기가 태어난 그 날을 기점으로 정확히 양분되었다. 그것은 나 김애리라는 사람 앞에 엄마라는 타이틀이 하나 더 붙은 정도가 아니었다. 내 삶에 혁명이 일어났다. 세상을 보는 새로운 시야를 갖게 된 것이다. 그 후 지금까지 나는 살면서 한 번도 경험해 보지 못한 사건, 사고, 감정들에 날마다 휩쓸린다. 그러니까 육아는 한마디로 장기적으로 일어나는 혁명이다. 한순간 격렬하게 일어나는 해일이 아니라 평생 쉼 없이 불을 뿜는 활화산 같은 혁명 말이다.

Festina Lente(페스티나 렌테)

그래서 라틴어 명언처럼 육아의 모든 순간을 '천천히 서두르며' 나아가고 싶었다. 아이와의 모든 순간을 최대한 즐기고 행복은 천천히 음미하되, 절대로 불확실한 미래와 내일을 위해 오늘을 저당 잡히는 일은 하지 말자고 생각했다. 그리고 하임이는 나에게 천천히 서두르는 삶이 무엇인지를 제대로 알려 주고 있다. 많은 사람들이 '느리지도 서두르지도 않는' 이상한 리듬 속에서 일상을 산다. 나 역시도 그랬던 것 같은데, 아기를 키우며 더 행복해지는 리듬을 배웠다.

《아이와 함께하는 아주 특별한 즐거움》의 저자이자 서강대 종교학과 교수인 오지섭 교수는 자녀교육의 철학을 단순명료하게 한 줄로 정리했다.

세상을 살아가는 힘은 부모와의 체험에서 온다.

이 말이 어떤 의미인지는 30대 중반을 넘기고 부모가 된 후 깨달았다. 아니, 시간이 갈수록 더욱 공감한다. 나 역시 내 부모와 함께한 모든 직·간접적 체험들이 내면의 문제를 해결하거나 타인과의 관계, 세상을 보는 관점, 스스로의 인생을 설계하는 데 많은 영향을 끼쳤음을 안다. 아마 모든 사람들이 마찬가지일 것이다. 자신이 의식하든 의식하지 않든 말이다. 체험이라고 해서 꼭 배낭을 메고 유럽여행을 떠나거나 뉴질랜드 캠핑카 일주를 하는 식으로 목돈과 시간이 드는 것만 의미하지는 않는다. 엄마 가게에서 서빙을 도왔거나 함께 김치를 담그고 민속촌을 견학한 소소한 체험도 마찬가지다.

초등학교 시절, 방학 때면 가끔 엄마 손을 잡은 채 동대문 새벽시장에 따라갔던 적이 있다. 졸린 눈을 겨우 부벼 눈을 떴을 때, 놀라운 세계가 눈앞에 펼쳐졌다. 그토록 이른 시간에도 깨어 있는 사람들과 여기저기 짐수레를 나르는 일꾼들, 가격 흥정을 하는 장사꾼들이 아침을 열고 있었다. 그 자체로 내게는 엄청난 세상 공부였다.

나는 아이와의 모든 체험이 아이의 삶을 어떻게, 얼마나 바꾸는지를 잘 안다. '101 A 프로젝트(101 Activity Project)'의 궁극적 목표는 내 아이가 어른이 되어도 세상에 대한 호기심을 잃지 않고 즐겁게 사는 법을 가르치기 위한 것이다. 그런데 지난 4년간 이 프로젝트를 직접 실천해 보며 깨달았다. 프로젝트의 최대 수혜자는 바로 나였다. 평생 은퇴 없이 감당해야 할 내 육아가 프로젝트 덕분에 좀 더 재미있고 행복하게 느껴졌기 때문이다. 모든 것이 처음인 아이와 함께 세상 문을 하나씩 똑똑 두드릴 때마다 내가 더 큰 기대와 흥분에 휩싸였다. 아이와의 추억이 산처럼 쌓이는 건 또 다른 보상이었다. 인생이 아무리 내 뒤통수를 가격해도 나는 끝까지 살아남을 수 있는 이유, 그건 눈물 나게 행복한 아이와의 추억들 때문이라고 당당히 고백할 수 있다.

무엇을 하느냐보다 누구와 하느냐가 중요하니까

심지어 모든 프로젝트 가운데 가장 답이 뻔한 프로젝트였다. 말하자면 무한 해피엔딩 프로젝트다. 함께 프로젝트를 실천하는 사람이 세상에서 가장 사랑하는 사람, 즉 내 아이기 때문이다. 그래서 모든 경험 하나하나가 소중하고 즐거울 수밖에 없다.

나는 101 A 프로젝트를 시기별로 크게 시즌1과 시즌2로 나누었다. 시즌1은 아이가 태어나고 열 살이 될 때까지 함께할 수 있는 일들로, 시즌2는 (그때까지 같이 놀아 줄지가 변수이긴 하지만) 열 살부터 스무 살까지 딸과 함께할 수 있는 체험들로 목록을 작성했다. 꼭 아이와 단 둘이 하는 것이 아니어도 된다. 온 가족이 함께하는 프로그램으로 만들어도 좋다.

이 목록은 아기를 임신한 기간부터 조금씩 완성시켰다. 그것을 작성할 때 얼마나 행복했으면 다른 태교가 필요 없다고 생각할 정도였다. 내 인생 최고의 베스트프렌드와 함께하는 위대한 여정을 적는 건데 어찌 두근거리지 않겠는가!

가끔 아이가 내 맘대로 안 될 때, 겨우 다섯 살인데 벌써부터 속 썩일 때 이 목록을 가만히 읽어 본다. 우리의 삶을 더 푸르고 풍요롭게 만들어 줄 음악 같은 목록이다. 물론 아이의 의사가 가장 중요하기 때문에 아이가 하기 싫어하는 활동은 절대 억지로 시키지 않을 것이다. 내가 가장 우려하는 부분은 아이에게 엄마의 욕심처럼 느껴지거나 실제로 어느 날 그렇게 변질되는 것이다. 그래서 자주 다짐한다.

'혼자만 좋으면 반칙, 아이가 즐겁지 않으면 과감히 패스하기.'

누군가는 이 리스트를 읽으며 이 많은 걸 언제 다 실천하느냐고 생각할지도 모르겠다. 사실 10년간 101가지 일을 한다는 건 어렵게 여기면 한없이 어렵지만, 쉽게 생각하면 그렇게 엄청난 일도 아니다. 나는 딸이 31개월에 접어든 현재까지 시즌1에 있는 활동을 벌써 절반 정도 함께했다. 지난 44개월간 아이가 내 삶의 중심이었기 때문이기도 하고, 이것들을 함께하는 동안 내 마음이 너무 밝아졌기 때문이기도 하다. 너무 많이 할 필요도 없다. 매달 한두 가지 활동을 한다고 생각하고 시도하면 된다. 지금 당장 시작할 수 있는 작은 일부터, 세밀한 계획이 필요한 일의 순서대로 차근차근 시작해 보면 된다.

시즌2도
계속된다

시즌2는 또 시즌2대로 벌써부터 기대가 된다. 아이가 커 갈수록 함께할 수 있는 일의 범위가 확실히 넓어지기 때문이다. 다칠까 봐, 무서워할까 봐 엄두를 내지 못하던 일들을 시도하게 되고, 좀 더 창의적이고 전문적인 활동도 가능해진다. 그래서 시즌2에는 함께 영상제작 하기, 콘서트와 오페라 보기, 요가와 필라테스 하기, 주식투자, 서로의 꿈 50개 말하기 놀이, 페미니즘 연극관람하기, 공정무역여행 떠나기, 영화제 참관, 영국 런던 서점과 도서관 투어 등을 포함시켰다. 시즌2는 나 혼자 작성하기보다 아이가 열 살이 될 무렵 함께 써 보는 게 좋을 것 같아 이전 목록을 과감히 삭제했다. 자라나는 딸의 감성과 꿈과 성격의 변화에 맞춰 시즌2

101 A 프로젝트(101 Activity Project)

도예 체험하기

걸음마도 못할 때 수영해 보기

인도네시아 발리 풀빌라 여행

숲 길 걷기

베이킹 수업 듣기

애견 또는 애묘 카페 가기

뮤지컬 관람하기

아쿠아리움 가기

호수 위에서 보트 타 보기

발레 배우기

동물원 가기

아무것도 아닌 날 가족사진 찍기

제주도 올레길 함께 걷기

1박2일 시내 럭셔리 호텔 바캉스(일명 호캉스)

대만 야시장 구경하기

가족나무 심기

미술관 관람하기

책 1,000권 함께 읽기

딸기농장 가기

아이 이름으로 기부하기

인도요리 맛보기(물론 손으로)

김치 만들기

2층 투어버스 타 보기

사과나 배 과수원 가서 수확 체험하기

시 함께 외우고 암송하기

베트남, 태국 같은 동남아 지역 요리 맛보기

관람차 타 보기

둘만의 비밀장소 만들기

멕시칸 요리 맛보기

인사동 구경하기

한옥마을 순례하기

캠핑카 타고 국내 여행

올림픽 구경하기

썰매 타기

봄나물 - 냉이나 쑥 캐기

뉴질랜드 캠핑카 여행

공룡박물관 가기

피아노나 바이올린 같은 악기 하나씩 배워 보기

미래일기 쓰기/미래우체통에 편지 써서 부치기

고구마 캐기

반딧불 체험하기

영어권 국가에서 한 달 살기

할머니, 엄마, 나, 딸까지 4대가 여행 떠나기

승마체험

에어비앤비 통해 현지인 집에 숙박해 보기

벼룩시장 구경하기

천문대에서 별 관측하기

자원봉사 하기

요리교실 참여하기

고택에서 하룻밤 자기

크리스마스 트리 만들기

일본 온천 체험하기

우리만의 장난감 직접 만들어 보기

습지 체험하기

식물 키우기

리조트 여행

치파오(중국), 기모노(일본), 한복 입어 보기

벚꽃 축제 가기

서로의 장점 50가지 말하기 놀이

나란히 앉아 파마하기

특별한 것 한 가지 수집하기

각종 잼 만들기

커플 옷 입고 나들이

가족 잠옷 맞추기

꽃꽂이 하기

유람선 타 보기

방 인테리어 함께하기

1박2일 역사여행 떠나기

축구나 야구, 농구 경기 관람하기

서로 화장해주기

선사시대 유적지 답사하기

조조영화 보러 가기

열기구 타기

미슐랭 최고급 레스토랑에서 식사

유네스코 세계문화유산 답사하기

컵케이크 만들기

둘만의 새로운 레시피 개발하기

낚시하기

적어도 일주일 이상 감사일기 작성하기

가족앨범과 성장앨범 만들기

제3세계 고통 받는 아이들을 위해 함께 기도하기

아빠 일터 구경시켜 주기

일출보기

일몰보기

우리만의 노래 만들기

노래방 가기

옷 만들어 입기

전통 혼례 구경하기

토마토나 상추 키우기

아이돌 댄스 배우기

이색호텔에서 자 보기

단골 음식점 만들기

대학 캠퍼스 거닐기

5개 국어 인사말 익히기

약수터 가 보기

아이가 원하는 꿈의 직업을 가진 사람을 만나게 해주기

공장 견학

국내외 기차여행 떠나기

가계부 작성하기

벼룩시장에서 물건 팔기

풍경화 그리기

목록을 수정하고 계속 업데이트해 갈 생각이다.

어제는 하임이와 베이킹 카페에서 컵케이크를 구웠다. 블루베리가 송송 박힌 컵케이크를 굽는 내내 달콤하고 따뜻했다. 오븐에서 갓 나온 케이크를 사이좋게 나누어 먹으며 세상에 이보다 로맨틱하고 열렬한 사랑이 또 있을까 싶어 웃음이 났다. 아이와 101 A 프로젝트의 리스트를 하나 둘 지워 갈 때마다 속으로 되낸다.

'이게 행복의 실체야. 지금 이 순간만이 진짜야.'

마지막으로 도미니크 로로의 명언으로 이 글을 마무리한다.

"우리에게 정말 중요한 한 가지는 잘 사는 것이다. 그런데 잘 살려면 수동적으로 '살아 있는' 게 아니라 능동적으로 '살아가야' 한다. 열정적으로 삶을 사랑하며 살아가야 한다."

내 삶을 더욱 사랑하게 만들어 준 딸, 사랑한다. 너와 함께한 모든 순간들 역시 뜨겁게 사랑해.

나의 실패이력서, 아니 나의 노력이력서

장렬히 실패하라

나는 전혀 다른 두 가지의 이력서를 가지고 있다. 하나는 우리가 흔히 작성하는 이력서로, 객관적인 내 몸값을 책정하는 기준이 되어 줄 것이다. 어떤 대학을 나와 어떤 자격증을 취득했고, 어떤 회사에서 어떤 경력을 쌓아 왔는지를 보여 주는 이력서다. 물론 나를 평가하는 데 중요한 기준이 되겠지만 지루하고 딱딱하기 그지없다. 취준생 시절 나는 수많은 이력서와 자기소개서를 작성하면서 늘 의문이었다.

'겨우 이걸로 어떻게 한 사람을 평가하지?'

기업에서 제시하는 자기소개서 속 질문들은 쌩쌩하던 사람도 단번에 하품을 하게 만들기 딱 좋은 것들뿐이다. 한 사람의 지난 인생과 앞으로 지날 인생을 가늠하기에는 질문의 깊이가 너무 빈약하다. 그래서 이력서를 쓰면서도 항상 '내가 인사담당자라면 다른 질문을 던졌을 텐데.'라는 생각을 했다.

반면에 내가 가진 또 다른 버전의 이력서는 바로 '실패이력서'다. 앞의 이력서가 성공과 성과에 초점을 맞추는 데 반해 이 이력서는 아주 호되게 깨지고 넘어졌지만 결국 일어나지 못했던 일들에 대한 뼈아픈 기록이다. 무척 애썼지만 결국 수포로 돌아간 일들, 심지어 열 번, 스무 번 도전했지만 실패로 끝난 프로젝트들도 빼곡히 적혀 있다. 꽤 굵직굵직한 실패도 더러 있다.

2013년 여섯 번째 저서 출간, 초판 1쇄도 간신히 판매, 아마 손익분기도 넘기지 못함

2014년 애견용품 전문 쇼핑몰 오픈, 망함

2015년 피팅모델 구인구직 플랫폼 사업, 역시 망함

2016년 기획한 원고 두 개가 엎어짐

한때는 창피해서 누구에게도 꺼내지 못한 이력들이다. 하지만 어느 날인가 끝날 줄 모르고 이어지는 실패의 목록들을 들여다보다가 그런 생각이 들었다.

"이건 내 실패이력서가 아니라 내 노력이력서야."

실패이력서 중에서도 결정적인 한 방은 내가 지난 10년간 책을 쓰면서도 10만 부 이상의 판매고를 올리지 못했다는 사실이다. 그 사실을 불현듯 깨달은 날, 나는 너무 놀라서 소리를 질렀다. 10년간 작가라는 정체성을 유지해 왔다는 사실 때문이 아니었다. 고작 10만 부를 파는 데 너무 오랜 시간이 걸려서가 아니었다. 너무 오랜 시간을 포기하지 않고 잘 걸어와 준 나 자신 때문이었다. 그건 정말 아무나 할 수 없는 일이라고 나 자신에게 격려도 해 줬다.

일본의 자기계발 작가인 고코로야 진노스케는 실패했을 때 그것을 '없었던 일로 하자'는 방식이 아니라 '제대로 인정했기 때문에 끝났다'고 받아들인다면 그건 더 이상 실패가 아니라고 했다. 그 경험을 통해 뭔가를 배우고 깨달았다면 그건 너무나 '성공적인 실패'다. 어쭙잖은 성공보다 장렬한 실패에서 더 큰 교훈을 얻는 법이다. 돌아보니 내 실패들도 그랬다. 어설프게

1만 부, 2만 부 더 판매하는 게 대체 내 영혼의 성장에 얼마나 큰 기여를 했겠는가? 매출 100만 원, 1,000만 원 더 많아지는 게 내 인생 전체에 어떤 의미가 있었겠는가? 차라리 좀 울더라도 있는 그대로의 나를 직시하게 만든 실패 속에서 더 큰 것을 배웠다.

도저히
'그냥' 살고 싶지가 않아서

나는 뛰어난 재능을 가진 사람도 아니고, 타고난 밑천이 두둑한 사람은 더더욱 아니다. 한 번 결심한 일은 피 토할 때까지 쉬지 않고 해내는 타입도 아니고, 하루에 네 시간만 자면서 자기계발에 몰입한 적도 없다. 생각해 보면 나는 엄청난 재능을 가진 사람이 아니다. 그런데도 가끔 이렇게 묻는 사람이 있다.

"그럼 어떻게 그 많은 일들을 다 해냈어요?"

나도 고민했던 부분이다. 아마도 두 가지 이유가 나를 끝없이 움직이게 하는 '동사형 인간'으로 만든 것 같다.

❶ 쉽게 가고 싶지 않다는 생각이다.

쉽고 편하게 사는 건 내 스타일이 아니라는 믿음 같은 것 말이다. 일부러 고통 속으로 몸을 구겨 넣지는 않겠지만 '그냥 대충' 사는 일은 앞으로도 없을 것 같다. 그저 누가 뭐래도 열심히 살고 싶다. 열심히 산다고 모두가 꿈을 이루는 것은 아니지만 삶이 끝내 나를 배신한다 해도 나는 너를 배신하지 않았다고 큰소리 칠 수는 있을 것이다. 내 인생에 갑질을 제대로 하는 거다.

서른 살을 넘기고 피부로 확실히 느꼈던 변화 중 하나는 자기 삶에 변명을 해 대는 사람들이 주변에 많아지기 시작했다는 사실이다. 이건 이래서 안 되고, 저건 저래서 안 되고. 그러면서 또 많은 사람들이 말했다.

"인생 뭐 있니? 그냥 되는 대로 살면 되는 거지."

하지만 지금껏 살면서 내가 느낀 것이 있다면, 인생에는 확실히 '뭔가'가 있었다. 다만 내가 그것이 있다고 믿는다는 전제하에 그러했다. 나는 그냥 저냥 살고 싶지 않아서 책을 읽는다. 그저 그런 인생이라고 믿고 싶지 않아서 부딪치고 겪어 본다. 이런 저런 변명이 싫어서 작은 일에도 마음을 다해 본다. 한번도 공짜로 무언가를 얻으려 해 본 적이 없었다.

❷ 실패해도 상관없다는 생각이다.

인생에는 정답이 없으며 모든 사람은 각자에게 가장 옳은 여정에 서 있다는 조금 식상한 멘트이긴 해도 내게는 큰 위안을 주었다. 삶의 유일한 정답은 나 자신에게 이런 질문을 해 보면 나온다.

"지금 행복한가요?"

5년간 도전했던 국가고시에서 낙방하고 지방 소도시로 내려가 꽃가게를 차리고 산다고 해서, 그것이 정답을 비껴간 인생이라고 누가 말할 수 있을까?

"근데 난 지금 너무 행복해. 후회하는 것은 단 하나야. 좀 더 일찍 이렇게 살아도 된다는 걸 깨닫지 못했다는 것!"

이렇게 말할 수 있다면 올바른 길 위에서 찬란하게 꿈을 이루고 있다는 증거다. 아무것도 실패하지 않았다는 증거. 억대 연봉을 벌면서도 죽고 싶다는 사람을 몇 명 만나 봤다. 그들이 죽고 싶다고 하는 이유는 다양했지만, 결국 따지고 보면 행복하지 않다는 것이 이유였다. 그 이유를 좀 더 깊이 따져 보면 자신의 인생을 가면 속 인생으로 여기는 생각이 깔려 있었다. 그냥 돈 잘 버는 놈들(?)의 배부른 소리라고 치부하기엔, 세상엔 성공하고도 불행한 사람이 너무나 많다.

나도 가끔 내가 쓴 101 프로젝트의 리스트를 들여다보며 한숨지을 때가 있다. 뭘 이렇게까지 이루려고 한 것일까 하는 마음이 드는 것도 사실이다. 하지만 또 돌아보면 그 목록들을 지금까지 즐겁게 실행해 올 수 있었던 유일한 이유는 반드시 해내야만 한다는 마음을 치워 버렸기 때문이라는 걸 안다. 사실 내 모든 꿈의 부제는 다음과 같다.

노력하지만 안 되면 어쩔 수 없다.

나는 가능한 모든 노력을 다 기울이려고 한다. 어떤 것은 열 번이고, 서른 번이고 시도해 본다. 그런 시도 끝에도 안 된다고 해서 인생까지 그만둘 건 아니니까 괜찮다. 내가 열심히 사는 이유는 아주 명확하다. 다른 누구도 아닌 내가 행복해지기 위해서다. 작가가 되고 싶었던 것도, 지금껏 살면서 한 번도 실행해 보지 않은 일 목록을 작성하고 하나씩 시도해 본 것도, 이런 저런 사업을 해 본 것도 이유는 다 똑같다. 그 일들을 하면 더 행복해지기 때문이다. 행복하지 않은데 열심히 할 이유는 없다.

나로서는 우리가 살고 있는 지구별에서 행복해질 수 있는 1만 개의 방법 중 몇 가지를 더 시도해 본 것이 전부다. 내게 적합한 행복레시피를 찾아낸 것뿐이다. 모든 목표, 꿈, 노력이 그저 행복을 위한 다른 변주였다. 다시 말해 나의 열심에는 '행복'이 있다. 최선을 다해 보는 이유는 그게 최선을 다해 보지 않는 것보다 나를 조금 더 행복하게 만들어 주었기 때문이다.

어쨌든 나는 앞으로도 마음껏 실패해 보고 다시 또 마음껏 실패할 용기를 내게 될 것 같다.

인생을 가장 잘 사는 두 가지 방법

매일 만드는 기적

얼마 전 아기를 어린이집에 등원시키고 집 청소를 하다가 오래된 일기장 하나를 발견했다. 다른 일기장은 커다란 종이상자에 넣어서 보관하고 있는데 이건 어쩐 일인지 저 혼자 빠져서 책장에 꽂혀 있었다. 몇 장을 넘겨 보니 스물여섯 살이던 2009년에 쓴 일기였다. 나는 보물을 발견한 것처럼 반갑고 신기한 마음에 아예 자리를 잡고 앉아 일기를 읽기 시작했다. 그러다가 당시 내가 쓴 미래일기 한 페이지를 발견했다. 나는 한참이나 입을 다물지 못했다. 일기를 쓴 때로부터 딱 10년 후인 현재의 내 나이를 떠올리며 꿈꾸던 것들이 대부분 이루어졌기 때문이다. 나조차도 이게 한 사람의 10년 전과 후가 맞나 싶을 정도로 많은 것이 변해 있었다. 인생이 손바닥 뒤집듯 바뀌었다고 해도 좋다.

'무엇이 나를 기적처럼 바꾸었을까?'

이런 생각을 하고 있는데 의외로 곧바로 답이 나왔다. 그건 딱 두 가지. 책읽기와 글쓰기였다. 100번 생각해도 100번 그 대답밖에 나오지 않았다.

안톤 체호프의 〈내기〉라는 단편소설이 있다. 나로서는 큰 충격에 휩싸이며 읽어 내려 간 소설이다. 극중 주인공은 젊은 변호사와 부유한 은행가다.

어느 날 둘은 200만 루블을 걸고 내기를 한다. 만약 감옥 독방에서 15년이란 시간을 보낼 수 있다면 그 돈을 주겠다는 조건이었다. 젊은 변호사는 기꺼이 제안을 받아들여 독방에 들어갔고 15년이란 시간을 보내게 된다. 그렇게 약속한 시간이 어느덧 하루 앞으로 다가왔다.

그 세월 동안 은행가는 주식놀음과 투기, 사업실패 등으로 재산을 전부 탕진하고 빚만 잔뜩 진 상태였다. 당연히 약속한 200만 루블도 없었다. 이에 은행가는 변호사를 몰래 죽이기로 마음먹고 그의 독방에 들어간다.

한편 돈 때문에 젊음과 자유를 스스로 저버린 변호사는 그 안에 갇혀 책을 읽었다. 15년간 세상의 모든 책을 읽고 또 읽었다. 그리고 약속한 시간을 다섯 시간 앞두고 그는 스스로 200만 루블을 거부한다. 그에게는 더 이상 돈이 중요하지 않았다. 세상 저편의 진실과 지혜를 알게 된 사람에게 그런 것은 아무런 의미가 없었다. 그래서 그는 한때 천국을 꿈꾸듯 갈망했던 돈 200만 루블을 스스로 포기할 권리를 갖는다.

책읽기를 떠올릴 때마다 이 소설이 종종 생각난다. 15년간 필사적으로 책을 읽었다면 자신이 진짜 원하는 인생이 무엇인지, 그걸 위해 앞으로 어떻게 살아야 하는지에 대한 답을 찾을 수 있다. 그저 우연히 얻어 걸리는 일이라고 생각하는 것은 아직 인생을 바꿔 줄 만한 독서를 해 보지 않은 사람들이나 보일 법한 반응이다. 제대로 책을 읽으면 인생이 바뀌지 않는 게 더 이상한 일.

책읽기와 함께 글쓰기를 병행한다면 웬만한 공격으로는 무너지지 않는 영적내공을 쌓을 수 있다. 어떤 일도 자신을 뒤흔들지 못한다. 책을 읽고 글을 쓴다는 건 단순히 문자를 읽거나 쓰는 행위 이상의 것이기 때문이다. 그것은 중세 신학자 마이스터 에크하르트의 말처럼 '의식을 변화시켜 스스로를 구원하는 일'이다. 구원은 자신이 살 집이 달라지고, 직업이 바뀌는 게 아니라 있는 그대로의 나를 인정하고, 내면을 진심으로 이해할 수 있는 힘을 갖게 되는 걸 의미한다. 그래서 설령 자신이 살 집이 평생 달라지지 않고, 직업도 평생 바뀌지 않더라도 행복하고 만족할 수 있다면, 그게 바로 스스로를 구원한 것이다.

그런 의미에서 나는 책읽기와 글쓰기를 매일 만드는 기적이라고 생각한다. 단번에 변화를 기대할 수는 없지만 둘 다 서서히, 확실히 기적을 창조한다. 우리가 살고 있는 21세기라는 시간과, 이곳 지구라는 공간에서 기적이란 '원하는 나'를 제대로 완성하는 일이 아닐까?

세상의 기준에서 벗어나 내 식대로 살 용기를 얻게 되는 일, 좋아하는 일로 먹고 사는 길을 발견하는 일, 아침에 일어나서 하고 싶은 일을 하며 하루를 보내는 일, 엄마 친구의 아들딸이 어떻게 살아가든 독자적으로 행복하고 즐거운 인생법을 배우는 일 말이다. 그게 바로 기적이고 마법이다.

원하는 인생을 만들어 주는 최고의 방법

❶ 내적 목표와 외적 목표를 나누어 관리한다.

예를 들어 2009년의 일기를 들춰 보면, 당시 나의 외적 목표는 크게 두 가지였다. 대학원 졸업논문을 완성하는 것과 단편소설을 두 편 작성하는 것. 반면 내적 목표는 스트레스를 받을 때마다 멈춰서 심호흡하는 습관을 만드는 것과 남들의 속도에 대한 관심을 끄고 내 인생의 속도에만 집중하는 것이었다. 둘(외적 목표와 내적 목표)은 전혀 연관성이 없는 것 같지만 놀랍게도 아주 밀접한 관계가 있다. 대개 내적 목표를 이루면 외적 목표는 더 쉽게 달성되는 식이다.

내적 목표로 스트레스를 관리하자 논문에 대한 불안과 압박이 줄어들었다. 전체적인 건강 상태도 훨씬 좋아졌다. 또, 평소 남들의 인생 속도에 일일이 반응하고 비교할 때가 많았는데, 내적 목표로 그 점을 집중적으로 관리하자 놀라운 성과가 나타났다. 소설을 쓴다는 건 스물일곱 살에게 어울리지 않는 몽상처럼 느껴졌고 그보다는 취업을 위한 토익점수가 더 중요한 것처럼 여겨졌지만 깊이 들여다보니 그건 내 꿈이 아니라 세상에서 말하는 스물일곱 살의 속도에 맞추기 위한 일이었다. 그래서 내 속도에 집중하고 소설을 써 봤다. 그렇게 단편소설 두 편을 완성할 수 있었다. 그리고 그 소설은 서정문학에서 신인문학상을 내게 안겨 주었다.

독서도 외적 목표와 내적 목표를 나누어 보면 효과적이다. 외적 목표를 위한 독서는 실용적 지식을 얻을 수 있는 책들을 선정하여 읽는 것이고, 내적 목표를 위한 독서는 삶의 지혜를 구할 수 있는 책들을 읽는 것이다.

❷ 아이디어 노트를 항상 휴대하고 다닌다.

창조성과 생산성의 대가들, 예를 들면 리처드 브랜슨이나 피터 드러커, 스티브 잡스 같은 사람들이 메모광이었다는 것은 이제 삼척동자도 다 안다. 그들은 순간의 편린을 붙잡아 재탄생시키는 마법사들이었다. 그러니까 매 순간 떠오르는 아이디어들을 붙잡고 그 생각에 다른 생각을 입히고 수정해서 세상 유일한 나만의 것으로 다시 창조하는 것이다. 나는 누군가를 처음 만날 때 그가 가방에서 수첩을 꺼내 들고 메모를 하기 시작하면 그 순간부터 그 사람을 다시 본다. 그런 행위의 이면에 무엇이 자리하는지 잘 알기 때문이다. 아마도 "내 인생은 한 순간도 귀하지 않은 때가 없답니다."라는 무언의 외침, "나는 평범한 일상을 비범한 순간들로 바꾸는 법을 누구보다 잘 아는 특별한 사람이지요."라는 당당한 선포 같은 것이리라.

메모는 삶의 플랫폼이라고 했다. 내 인생을 수집하고 재가공하는 기능을 하기 때문이다. 지금 당장 작은 수첩을 준비해서 무엇이든 기록하는 습관을 들여 보자. 만약 적을 것이 없다면 '나의 하루'라는 제목으로 몇 시에 일어나 아침시간을 어떻게 보내는지를 시간단위별로 기록해 보는 것도 좋다. 그 단순한 것도 딱 일주일만 해 보면 인생이 바뀌려고 꿈틀대는 게 보일 테니까.

내 시간을 기록하는 것은 나의 의식, 습관, 빈틈을 들여다보는 일이다. 기록으로 적기 전에는 절대 보이지 않던 것들이 비로소 보이기 시작할 것이다.

❸ 나를 더 강하게 만드는 책 속 구절들을 수집한다.

누구나 할 수 있지만 아무나 하지 못하는 일이 있다. 그중 가장 대표적인 두 가지가 바로 책읽기와 글쓰기다. 이 두 가지를 제대로 해내면 인생이 바뀔 것이다. 누구나 지금 당장 가능하지만 모두가 꾸준히 지속하지는 못하니까.

독서가이자 에세이스트로 유명한 정혜윤 피디는 좋은 책이 무엇인지 이렇게 말했다. 읽기 전과 읽은 후의 세상이 달라 보이게 하는 것. 나는 이 말에 전적으로 공감한다. 내게도 그런 책들이 있었다. 절대로 읽기 전의 세상으로 돌아가지 못하게 만드는 책들, 그리고 그런 책들 속 구절이 있다. 언제부턴가 그 구절들을 하나둘 수집하기 시작했다. 한때는 주제를 분류해서 수집하기도 했다.

예를 들어 '우울할 때 힘을 주는 구절', '자존감이 바닥일 때 일어나게 도와주는 구절', '스트레스를 줄여 주는 구절', '일상의 행복과 감사를 느끼게 하는 구절' 등, 그리고 그런 순간에 직면하여 '도움'이 필요할 때마다 수집한 문장을 들여다보며 힘을 얻었다. 나는 이 작업이 내 영혼을 더 단단하게 만들어 주었다고 확신한다.

삶, 조금 다른 방식도 괜찮아

내 방식대로의 행복

인도에는 3억 3천만 이상의 신(神)이 존재한다는 말을 어느 책에선가 읽은 적이 있다. 나는 한때 그 구절에 완전히 매혹 당했다. 그러니까 그들은 모든 사물과 미물 안에서 신을 발견한 것이다. 게다가 각기 다른 저마다의 신을.

세상만물에 깃든 신은 각각의 진리와 아름다움을 갖고 있을 것이다. 그것을 떠올리자 우리 각자의 삶도 나만의 심미안과 철학을 갖추고 있어야 한다는 데까지 생각이 미쳤다. 조금 다른 방식일지라도 나답게 사는 것. 그것이 가장 큰 행복이자 사실은 가장 큰 경쟁력이기도 하다.

많은 분량을 할애해 지난 35년의 인생을 이 책 한 권에 정리하면서 문득 질문 하나가 떠올랐다.

"내 방식대로 어떻게 행복을 찾아 헤매었는가?"

어쩌면 나는 이 질문에 답하기 위해 내 가능성을 믿고, 두려움을 깨고, 많은 책에서 읽었던 온갖 삶의 교훈들, 성공방정식을 삶에 직접 실험해보며, 그렇게 한 발 한 발 앞으로 걸어가야 했다. 그러는 사이 적잖은 아픔과 슬픔을 겪기도 하고, 영원히 극복할 수 없을 것 같은 두려움과 자괴감 속에 매몰되기도 했다. 하지만 한 가지 확실한 믿음은 놓지 않았다. 나는 결국 어떻게든 답을 찾을 것이라는 믿음이었다.

다른 사람의 목소리를 통해 듣게 되는 정답 말고 내 방식대로의 것을 찾느라 조금 긴 시간 빙빙 돌기도 했지만! 뭐, 상관없었다. '나만의 정답'을 찾았다는 것이 중요하니까. 어쩌면 그것만이 유일한 진짜 정답일 것이다.

세상에는 100미터를 12초 안에 끊는 사람도 있지만 20초에도 간신히 헉헉대며 들어오는 사람도 있다. 우리는 저마다의 속도가 있고 거기에는 어떤 옳고 그름도 존재하지 않는다. 《기적 수업》에 나오는 대로 세상에서 무슨 일이 벌어지든 상관없이 행복하고 강하고 평화로울 수 있는 것이야말로 진정한 권능이자 강함이고, 진정한 자유이자 영성이다. 그러니 세상이 들이대는 타이머를 치울 것, 계산기는 말할 것도 없고. 내 인생에는 나만의 속도계가 가장 중요하다. 운전할 때 남의 차 시속에 신경 쓰는 사람 없듯이 내 차선과 내 속도에 주시하며 내가 정한 목적지를 향하면 되는 것이다.

판을 새로 짤 시간

모든 도전과 변화의 과정에서 가장 길고 힘들었던 부분은 원하는 그것을 할 수 있다는 믿음을 갖기 전까지의 시간이었다. 믿음을 세우는 것은 기존의 내 정체성을 부수고 내가 되고 싶은 모습을 명확히 바라보는 일이었다. 결코 쉬운 일이 아니었다. 입으로는 "할 수 있어!" 외치면서도 마음은 하루에 열두 번도 넘게 의심하고 고민하는가 하면, 잘해 낼 거라고 나 자신을 다독이지만 깊은 무의식에서는 결국 해 내지 못할 것이라는 저주의 목소리를 참아 내야 했다. 하지만 일단 그 지난한 과정을 끝내고 스스로에 대한 믿음을 회복하면 놀라운 일이 벌어졌다. 원하고 꿈꾸는 대로 척척 이루어져서 놀라운 게 아니라 모든 일이 생각보다 무시무시하거나 큰 용기를 필요로 하지 않아서 놀라웠다.

마음이 만들어 내는 거짓 두려움과 상상 속 공포를 극복하고 나면 세상은 내게 훨씬 더 친절하고 다정했다. 물론 두려움과 저항을 내려놓았으니 좀 더 수월하게 원하는 길을 만들어낼 수 있었음은 말할 것도 없다.

지금 새로운 꿈을 꾸며 판을 새로 짜는 중이라면 가장 먼저 취해야 할 액션은 바로 믿음을 갖는 것이다. 저기 깊숙한 곳에서 올라오는 '내가 감히 그걸 어떻게 해?'라는 목소리에 귀를 닫고 '내 속도로 내 방식대로 살 거야'라고 당당히 외치는 것이다. 어느 누구도 딴지 걸지 못할 강력한 믿음이 결국은 길을 안내한다. 매순간 나를 위한 최선의 길을 안내한다.

한 해 한 해 시간이 흐르고 나이를 먹을수록 인생은 더욱 경이롭게 느껴진다. 예전에는 별 생각 없이 바라보던 것들도 새로운 의미로 다가와 감각을 깨우는 것 같다. 그건 아마도 더 느리게 살기로 결심한 이후부터인 것 같다. 더 느리지만 더 꼼꼼하게, 더 단순하지만 더 깊이 있게 살기로 마음먹자 사는 게 더 재미있게 느껴졌다. 미세먼지 없는 날의 화창한 구름, 아이와 공원에서 만난 메뚜기 한 마리, 요리사가 되기로 결심한 친구의 새로운 삶, 블로그 이웃들과의 잔잔한 대화. 나를 둘러싼 모든 것에서 신을 본다. 신의 완벽함과 경이로움이 모든 것에서 제각각의 모습으로 나타남을 지켜본다.

그리고 지금 당장 나의 신이 모습을 드러내도 당당하게 외칠 수 있는 것은 "저 그간 참 열심히 살았어요."라는 말이다. 남들 눈에 어떻게 보였든 나는 내 식대로 최선을 다했다. 내가 가진 조건과 환경에서 최고로 열심히 살아왔다.

얼마 전 노트북 바탕화면 위에 새로운 폴더 하나가 생성됐다. 이 말은 곧 내게 새로운 도전이 시작된다는 의미다. 도전의 모든 과정이 이제 또 이 폴더 안에 고스란히 담기겠지. 내 웃음과 행복과 눈물이, 내 꿈과 새로운 탐색과 성공이 다시 하나씩 쌓일 것이다. 중요한 것은 남은 인생에도 나는 최선을 다할 것이라는 사실이다. 그리고 그것으로 충분하다고 생각한다. 나는 80대 할머니가 되어도 꿈꾸는 몽상가로 살아갈 것이다. 매일을 가장 특별한 날로 만드는 방법을 고민하며 일상을 내식대로 색칠해 갈 것이다. 그리고 이 글을 읽고 각자의 방식대로 꿈을 이룰 모두의 인생을 위해 작은 기도를 보태며 글을 마친다.

맺음말

당신이 되어라, 당신을 위해서

오랜 시간 나는 정직하지 못했다. 모든 면에서 그랬던 것 같다. 나 자신에게, 내 감정에게, 사랑하는 사람들에게도 솔직하지 못했다. 그래서 모든 게 불안하고 불행했을 것이다. 솔직하지 못하면 살아도 사는 게 아니다. 내 경험상 그렇다. '진짜 나'를 보이면 세상 모두가 나를 미워하거나 가엾게 여기거나 둘 중 하나일 거라고 생각했다. '진짜 내 꿈'을 말하면 모두가 나를 비웃거나 욕할 게 틀림없다고 여겼다. 솔직하지 못했으니 삶의 중요한 문제를 자꾸만 회피했고, 문제를 회피했으니 아무리 노력해도 큰 진전이 없었다. 그야말로 끔찍한 악순환이었다.

그런 내가 101 프로젝트를 진행하며 삶에 메스를 들었다. 나는 더 이상 지체할 수가 없었다. 이제는 아무리 보기 싫어도 자신의 민낯으로 살아야 했다. 누구도 아닌 나 자신을 위해서. 그렇게 일생일대의 프로젝트를 통해 자아상, 인간관계, 습관, 꿈과 목표까지 모든 것을 칼로 째고 도려내고 다시 꿰맸다. 그 과정에서 피가 철철 나기도 했고, 너무 아프고 힘들어서 한동안 아무 것도 하지 못한 적도 있다.

하지만 그럴 때마다 떠올린 생각이 있다. 내게 가장 두려운 벌은 죽기 전에 결국 한 번도 진짜 나로 살아볼 용기를 내지 못했다는 후회일 거라는 생각이다. 그 무서운 벌을 피하려면 눈치 보지 않는 삶을 시작해야 했다. 남과 다른 면을 자연스럽게 인정하고, 내 방식대로 살아가는 삶에 집중해야 했다.

이 책은 한 마디로 평범한 한 여자가 머릿속에서 끝없이 울려 퍼지는 질문과 상상을 인생무대에서 직접 실험해본 결과물이다.

'이렇게도 살 수 있을까?'
'이만큼 용기 내 볼 수 있을까?'
'이걸 하면 좀 더 행복해질까?'

나답게 살기로 결심하고 내 안에서 흘러나오는 솔직한 질문들에 행동으로 답해나갔다. 이 책의 제목처럼 '열심히' 몸으로 뛰었다. 그리고 그에 따른 결과는 나에 대해 새롭게 알아나가는 매듭으로 보았다. 실패한 일일수록 더욱 그랬다.

'아, 나는 이 점이 많이 부족하구나.'
'정말 최선을 다해도 안 될 수가 있구나.'
'지금 내게 필요한 자질이 바로 이거구나.'

《빨강머리 앤》에서 앤은 장학금이 걸린 시험을 보고 와서 이렇게 말한다.

"장학금이 누구의 것이 되던 조금도 상관이 없을 듯한 기분이야. 나는 최선을 다했거든. 노력의 기쁨이라는 것을 알게 됐어. 열심히 해서 이기는 것 다음에 좋은 것은, 열심히 하고 지는 거야."

노력의 기쁨. 그렇다. 나답게 힘을 냈다면 모든 '열심'은 좋거나 더없이 좋은 상태다. 이겨도 좋고 져도 좋은 것. 뭘 해도 비기거나 올라가는 것. 진정한 열심이란 그렇다. 뒤 돌아 생각했을 때 열심히 한 일들은 감정의 찌꺼기를 남기지 않는다. 그래서 실수하거나 실패해도 그 시절의 나를 미워하지 않을 수 있다. 오히려 즐겁고 아름다운 추억으로 남는다.

20대에는 '사람은 원래 안 변해', '인생 그냥 대충 살아'라는 태도가 조금 더 쿨하고 어른스러운 것은 아닐까 생각한 적도 있다. 적어도 될지 안 될지 모르는 일에 신경을 기울이며 노심초사하는 것보다는 멋져 보였다. 하지만 30대 중반을 넘기고 나자 쉽게 대충 사는 일이 조금도 쿨 하거나 어른스럽지 않다는 것을 알게 됐다. 그것은 수십 가지 인생노선 가운데 가장 쉬운 길이었다. 그 말을 내뱉는 사람들의 심리 밑바닥에는 결국 뭘 해도 안 될 것이라는 부정적인 자기모습과 노력해도 실패할 것에 대한 극한 두려움이 자리하고 있었다. 그걸 교묘히 감추기 위해 냉소적인 태도로 위장한 것뿐이었다.

포기하고, 체념하고, 부정하고 좌절하는 것은 어쩌면 가장 쉬운 길이다. 쉬운 길은 우리 삶 전체를 쉽게 만들어주지는 못한다. 쉬운 길을 택하면 인생은 점점 더 어려워진다. 반면 한 번 더 문을 두드리고, 조금 더 발로 뛰는 것은 어려운 일이다. 어렵지만 빛나는 일이고, 힘들지만 해볼 만한 일이다. 인생전체를 놓고 봤을 때 훨씬 수월하게 사는 길이다. 자, 어떤 길을 택할 것인가?

열심히 사는 것이 버겁게 살자는 말이 아니다. 열심히 사는 것은 나답게 사는 일이다. 감정을 속이지 말고 잘 돌보고 자신과 대화하며 걷는 길이다. 그래서 남들보다 빨리 산다고 열심히 사는 것도 아니고, 남들보다 느리게 산다고 열심히 안 사는 것도 아니다.

또 성공한 사람들만 열심히 사는 것은 아니다. 적어도 내가 아는 모든 행복한 사람들은 열심히 사는 사람들이다. 왜냐하면 그들은 자신의 행복을 위해서도 노력하니까. '나는 원래 이래.'라는 비겁한 말 뒤에 숨지 않고 '이걸 바꿔보려면 뭘 해야 할까?'를 열심히 실천하는 것이다. 좋은 책을 읽고, 글쓰기 모임에 참석하고, 원한다면 성형수술이나 피부시술도 받아보고, 직장이나 직업을 바꿔보기도 한다. 자신의 행복을 위해서도 최선의 노력을 다하는 것이다. 작지만 집요한 노력들이 모여 삶을 크고 위대하게 만들 것을 잘 아니까.

이 책을 읽은 분들 가운데 몇몇이라도 나의 101 프로젝트를 바탕으로 영감을 얻어 나다운 인생을 고민하고 시작할 수 있기를 바란다. 이제는 더 이상 미루지 말고 내 성장과 치유와 행복과 변화를 위해 뭔가를 시작하기를. 우리에게 필요한 시간은 더 이상 '내일'이나 '그 언젠간'이 아니다. 지금 이 순간, 지금 앉아 있는 그 자리에서, 지금 당장 필요하다고 생각하는 그 일을 시작하라. 나는 할 수 있다. 당신도 할 수 있다. 그리고 우리 모두는 할 수 있다. 마지막으로 앤소니 드 멜로의 말로 이 글을 마무리하려 한다.

살아있음은 너 자신이 되는 것이다.

살아있음은 지금 있는 것이다.

살아있음은 여기에 있는 것이다.

이제, 당신 삶 속으로 들어가라.

열심히 사는 게 뭐가 어때서

1판 1쇄 발행 2019년 7월 15일
1판 3쇄 발행 2020년 7월 16일

지은이 김애리
펴낸이 고병욱

기획편집 이새봄 이미현 한지희
마케팅 이일권 현나래 김윤성 김재욱 이애주 오정민
디자인 공희 진미나 백은주 **외서기획** 이슬
제작 김기창 **관리** 주동은 조재언 **총무** 문준기 노재경 송민진

펴낸곳 청림출판(주)
등록 제1989-000026호
본사 06048 서울시 강남구 도산대로 38길 11 청림출판(주) (논현동 63)
제2사옥 10881 경기도 파주시 회동길 173 청림아트스페이스 (문발동 518-6)
전화 02-546-4341 **팩스** 02-546-8053
홈페이지 www.chungrim.com **이메일** life@chungrim.com
블로그 blog.naver.com/chungrimlife **페이스북** www.facebook.com/chungrimlife

교정교열 김승규

ISBN 979-11-88700-45-5 03810

• 책값은 뒤표지에 있습니다. 잘못된 책은 구입하신 서점에서 바꾸어 드립니다.
• 청림Life는 청림출판(주)의 논픽션·실용도서 전문 브랜드입니다.
• 이 도서의 국립중앙도서관 출판예정도서목록(CIP)은
서지정보유통지원시스템 홈페이지(http://seoji.nl.go.kr)와
국가자료공동목록시스템(http://www.nl.go.kr/kolisnet)에서 이용하실 수 있습니다.
(CIP2019023750)